惊蛰

海 飞 作品

南方出版传媒

花城出版社

中国·广州

图书在版编目（ＣＩＰ）数据

惊蛰 / 海飞著. -- 广州：花城出版社，2017.5
（2019.10重印）
　ISBN 978-7-5360-8341-7

　Ⅰ．①惊… Ⅱ．①海… Ⅲ．①长篇小说－中国－当代
Ⅳ．①I247.5

中国版本图书馆CIP数据核字(2017)第081791号

出 版 人：肖延兵
策划编辑：程士庆
责任编辑：张　懿　黎　萍　邹蔚昀
技术编辑：薛伟民　凌春梅
封面设计：

书　　名　惊蛰
　　　　　JINGZHE
出版发行　花城出版社
　　　　　（广州市环市东路水荫路11号）
经　　销　全国新华书店
印　　刷　广东新华印刷有限公司
　　　　　（广东省佛山市南海区盐步河东中心路23号）
开　　本　787毫米×1092毫米　16开
印　　张　13　1插页
字　　数　128,000字
版　　次　2017年5月第1版　2019年10月第5次印刷
定　　价　38.00元

如发现印装质量问题，请直接与印刷厂联系调换。
购书热线：020－37604658　37602954
花城出版社网站：http://www.fcph.com.cn

惊蛰

　　动物入冬藏伏土中，不饮不食，称之为"蛰"，而"惊蛰"即上天以打雷惊醒蛰居动物的日子。此时天气转暖，渐有春雷滚动，中国大部分地区进入春耕季节。

壹

陈山从昏迷中醒来的时候，是一个凉薄的清晨。荒木惟坐在窗户边弹钢琴。叮叮咚咚的琴声中，窗口的光线翻滚着漏进来，洒在荒木惟青光光的下巴上。一个钟头以前，荒木惟朝陈山的后脖颈上开了一枪，陈山像一条走路不稳的老狗一样跌扑在地。荒木惟的手在窗口洒进来的光线中低垂着，手里是那把南部式袖珍手枪。他记得在开枪以前，一直在给陈山讲重庆这座完全被雾吞没了的城市。陈山就笔直地坐在那张有靠背的西洋式皮椅上，荒木惟绕着他缓慢走动，边走边给陈山布置任务。他说你接受训练以后，将要去往重庆。知道重庆吗，那个鬼地方的高射炮精准得像长了眼睛。然后荒木惟突然向他后脖颈出枪，陈山几乎是毫无防备地倒下的。开完枪，荒木惟把这支袖珍手枪小心翼翼地放在了桌面上。与此同时，门被重重撞开，他看到千田英子带着两名日本军医冲进办公室，他们在地上半跪着，训练有素地打开救护箱，替陈山处理伤口。那是一粒斜射的子弹，陈山颈部的伤口已经被贯穿，但没有伤到要害。这时候荒木惟缓慢地走到钢琴边，他坐下来，白而干净的手指头在琴键上按下去。那是一首多少有些忧伤的曲子，他开始在琴声中思念家乡，并且想起了那个充满森林、腐草与木头气息的家乡奈良，以及狭长的号称日出之国的祖国。

他很爱自己的家乡，甚至超过爱自己的生命。

这是一九四一年冬天。上海虹口区日侨聚集区，一座叫"梅花堂"的小楼。它有一个不为人知的名字：梅机关。

陈山在恍惚中听到了钢琴的声音，像是溪流从遥远的地方传来的潺潺声。他想起了秋天的往事，秋天来临以前，他只是十六铺码头或者大世界门口一名游刃有余的"包打听"。他就那么叼着烟，穿着肥大的裤子，松松垮垮的样子，像一只斗败的公鸡。宋大皮鞋和菜刀像跟屁虫一样始终跟牢他，他们一起赌博吃酒，插科打诨，在弄堂里勾肩搭背地走路，或者动不动就吼一声，朝天一炷香，就是同爹娘。有肉有饭有老酒，敢滚刀板敢上墙。他们和警察、巡捕、特务还有流氓地头蛇打得火热，如胶似漆，偶尔还为有钱人讨债捉奸。上海遍地流淌着他们的生意，谁给钞票谁就是他们的爷叔。那天在米高梅舞厅的门口，唐曼晴出现在陈山疲惫的视线中，她被一群人簇拥着，从一辆黑色的福特车上下来，向舞厅门口走去。那时候陈山正远远地观望着那个叫威廉的小白脸和黄太太幽会。黄老板的金牙一闪一闪的，他曾经用一根牙签剔着牙，翻了一下白眼对陈山说只要有证据，我就能让威廉死得比白鲞还难看。就在陈山吐掉烟蒂，一脸坏笑地迎向黄太太和小白脸的时候，陈山被两名保镖挡住了。他们以为陈山奔向的是唐曼晴，于是他们同时出拳，陈山一左一右断了两根肋骨。撕裂一样的疼痛，让他觉得自己的身体被完全拆开了，于是他哀号了一声。那次黄老板铁青着脸，站在同仁医院住院部的病床前，并没有给陈山报酬。他说你这个"包打听"不来事的。倒是唐曼晴在第二天让她的保镖赔了他十块钞票。唐曼晴让保镖带话给他，说这是一场误会。

那让我打断她两根肋骨试试？也说声误会赔她十块钞票行不行？那时候陈山从病床上挣扎着抬起头对保镖愤怒地吼了一声。

保镖笑了。在转身离开病床以前，保镖拍拍陈山的肩说，你要敢打断唐小姐的肋骨，那你得赔一条命。你们是不一样的。唐小姐的肋骨你不是打不断，是打不起。保镖说完，手一松，十块钞票飘落下来，落在病床上。陈山难过地把头别过去，他其实有点儿无地自容。因为他非常想要那十块钞票。

保镖离开病房的时候，陈山把钞票塞进自己的口袋，轻轻拍了拍，然后对着病房门口骂，册那，婊子。

再次见到唐曼晴的时候，是她陪着一个叫麻田的日本人来米高梅跳舞。那时候陈山的肋骨好得差不多了，他就又松松垮垮地把自己扔在了米高梅舞厅的门口。看到唐曼晴，陈山的肋骨不由自主地痛了一下。唐曼晴踩着高跟皮鞋从他面前像风一样走过，陈山冷笑一声，心里仍然恶狠狠地骂，婊子。

陆军省直属上海日本宪兵队本部特高课课长麻田带了一行人和陈山擦肩而过，他的目光一直落在唐曼晴丰腴得有些过分的背影上。麻田身后跟着梅机关特务科科长荒木惟，以及几名刚刚到任梅机关的辅佐官，这些人都是从海军省、陆军省、兴亚院、外务省等机构调过来的人精。麻田就是为这些人精接风的。荒木惟对此不以为意，他根本就瞧不上麻田课长，尽管荒木惟的职衔比麻田更小一些。麻田很瘦，他穿着一件竖条的浅色西装，这让他看上去很像一只滑稽的蚂蚱。荒木惟看到陈山的时候笑了，他停了下来，说你饿了。这时候陈山才听到自己的肚皮欢叫了一下，陈山不由自主地叼了一支司令牌香烟在嘴上，仿佛抽烟能填饱他的肚皮。荒木惟掏出一只精巧的打火机，替他点上了烟，这让陈山在汽油好闻的味道里有些发蒙。陈山掏出一支烟递给荒木惟，荒木惟摇了摇头说，我从不抽这个。

陈山又听到荒木惟说，你很像肖科长。不，你就是肖科长。

陈山就问，肖……科长是谁。

荒木惟看了身边的助手千田英子一眼，千田英子也笑了，说，一个死人。

　　然后陈山被打晕了。他都来不及把嘴里叼着的烟抽完。陈山醒来的时候，看到的是头顶悬挂着的一盏明晃晃的电灯。他猛地眯起眼，转头看到了坐在不远处的荒木惟。这时候他才发现，自己躺在一只麻袋上。荒木惟正在抽雪茄，陈山突然就觉得那雪茄亮起的红色光芒那么的触目惊心。他被两名汉子从麻袋上拖下来，拖到了荒木惟的面前。荒木惟说，给他穿上军装。这时候陈山看到身边有一张椅子，椅子上放着一套叠得整整齐齐的国军军服。陈山在瞬间就被人剥得精光，并且胡乱地穿好了军装。穿军装的时候，陈山看到了许多麻袋包，堆满了这间屋子的四周。他知道自己一定是在一间仓库里。这时候荒木惟顺手把一盏电灯拉了过来，用手举着一只灯泡仔细地看着陈山。强光让陈山睁不开眼睛，灯泡发出的温度像一波波的热浪泼在他的脸上。

　　荒木惟松开电灯泡，用手指头弹了一下左手的照片笑了。他把照片举到陈山面前说，这就是肖科长！

　　陈山和照片里的肖正国对视着。肖正国有一张和陈山一模一样的脸。陈山对着照片有气无力地说，陈金旺，你是不是在外头生了个野种？

　　陈山再次醒来的时候，发现仓库里已经空无一人。他试着打开巨大而笨重的铁门，但是却一无所获。陈山索性在麻袋上躺了一会儿，他记得自己很久没有吃过东西，但是肚皮反而不叫了。他的手摸到了麻袋里的锯木屑，然后他开始闭着眼睛小睡了片刻。当他养足精神猛地睁开眼睛以后，先是关掉了电灯，把灯泡砸碎。然后他把许多麻袋打开，努力地从高处往下抛撒那些木屑。这些干燥的木屑飘荡起来，密密麻麻，很快弥漫了整间仓库。陈山后来找到了那张桌子，他钻在桌子下面矮着身子顶起桌子走路。然后他伸出手拉了一下电灯的开关，瞬间粉尘爆炸。他就躲在那张被震散了的桌子背后，睁着一双乌亮的眼睛寻找着出口。陈山终于发现了一处被气浪冲开的墙洞，于是他迅速地钻了出去。此时仍然是夜间，空气清冷，但是陈山感觉不出一丝凉意，他只感到浑身的血像开水一样滚烫。在这个冬天，他有了一场发疯般的奔跑。跑过几条大街以后他终于辨明了方向。他跑向宝珠弄，就在他快跑到家门口的时候，看到他的爹陈金旺正站在一盏路灯下，用好奇的眼神看着他。陈山不停地喘着气，这时候他身边公用电话亭的电话铃响了。仿佛一种神秘力量的牵引，陈山一步步向电话亭走去。一种不太好的预感笼罩了他。他伸出手拎起话筒，果然他听到了一个男人的声音。你的妹妹在我这儿，她应该叫陈夏。

那个声音还说，刚才你的逃跑，只是一场考试。你通过考试了，恭喜你。

声音又说，但是还有一场考试，四十分钟以内，你必须凭记忆跑回到原来的仓库里。如果四十分钟还没赶到，那就不用来了，直接回去买一口棺材。给谁用，你比我清楚。

电话里头有些细微的风声，这让陈山的后背凉飕飕的。电话咔地被对方挂断了，陈山还举着话筒发愣。他不停地喘着气，终于猛地挂上电话，发疯一样地向仓库跑去。这让路灯下的陈金旺越来越不明白，家门口不远的电话亭里到底发生了什么。他觉得自己的二儿子已经疯了。所以他破口大骂，瘪三，有家不回！

陈山又开始了一场昏天暗地的奔跑。跑过的那些马路在他的脑海里渐渐清晰，像一张悬在他头顶的地图。街上行人稀少，他就像一头受了枪伤的野猪一样，迅捷、准确而又有些慌乱地奔跑着。终于在一盏路灯下，他看到了荒木惟。他穿着黑色的风衣，双手插在口袋里，正在等着陈山，像是在车站迎接一位远道而来的客人。陈山跑到他的面前时，脚一软四仰八叉像一摊烂泥一样瘫倒在荒木惟的身边。荒木惟笑了，说，你一定是属鸵鸟的。

陈山气喘吁吁地说，你什么意思？

我的意思是，你要是不属鸵鸟，你不会有那么能跑。你从电话亭跑到我面前，用了三十七分十三秒，比最能跑的武田准尉还要快两分四十七秒。

陈山不再说话，他一直躺在地上喘着粗气。那时候他还不知道的是，他长得太像从重庆派往上海执行任务的特务肖正国。但是肖正国已经在梅机关联合76号特工总部的一场围捕行动中死了，死的时候颈部中了一枪。现在荒木惟需要他替肖正国活下去，并且回到重庆。

陈山从昏迷中醒来的时候，躺在地上他能看到荒木惟正在弹钢琴的侧影。荒木惟是一个身材匀称的男人，他弹完一支曲子，仿佛是知道陈山已经醒来，转过身子来说，以后你就是肖正国！你不可以再抽烟，你的手指和牙齿上，刚才医生已经为你去掉了抽烟人的特征。你要继续保持。

陈山说，我想见我的妹妹。

你用不着见到她。你只要知道她活得好好的，还很开心，这就足够了。

陈山说，你们要是敢伤她半根毫毛，我一定会拼命。

你没有命可以拼！荒木惟说，从现在开始，一共三个月的训练期。为了你的妹妹，你要拼命地记住任何事情，记住重庆军统局本部的内部纪律、准则、部门、人员。当然在逃离仓库的游戏里，你闯关又快又准，所以我知道你将会是我最完美的作品。

对了，你有个新婚妻子，叫余小晚。她是名外科医生。荒木惟坐在一张西洋式靠背的墨绿色真皮沙发上，抽着一种叫作蒙特克里斯托的雪茄说。像你这样的人，正好需要一名医生照顾你。

贰

出发去重庆的前一天，千田英子陪陈山回宝珠弄看看他的父亲陈金旺。站在弄堂口，陈山老远就看到了父亲穿着厚厚的藏青色棉衣，抱着一台收音机，坐在一堆阳光里。那台收音机是陈山花了一整年的积蓄买来送给妹妹陈夏的，亚美公司新生产的五灯"电曲儿"牌子。妹妹陈夏酷爱着各种声音，她的眼睛看不到，所以她连蚂蚁走路的声音都能听到。大哥陈河常年在外，陈夏的大部分时光是和陈山度过的。当她在一次午睡醒来后，先是坐在床沿边上惺忪地发了一会儿呆，然后她说小哥哥，我想要一台收音机。陈山拍了拍胸大声地说，你想要几台，哥就送你几台。

我只要一台就够了。陈夏笑得很甜，她睁着一双空洞的眼睛，对着门口一片白晃晃的光线笑。

陈山仍然能清楚地记得，为了凑最后一笔钱，他带着宋大皮鞋和菜刀帮人去要赌债，结果被人在吴淞口码头的货仓门口堵住。那一场打斗让陈山头破血流，胆小如鼠的刘芬芳拿着一杆破枪来帮他们的忙。他是一名从海盐来的牙医，但他总是喜欢把自己打扮成巡捕房里便衣探员的样子，穿风衣，戴礼帽，经常告诉陈山自己的身份十分神秘，意思是他可能是一名特工。他活在自己的臆想中乐此不疲。那天他拔出一把枪左右摇晃，扣动扳机的时候耳朵里却各塞着一小团棉花。但是那枪一直没有响，这让他心里有些发慌。陈山一把夺过了刘芬芳手中的枪，朝天就是一枪。陈山大吼一声，谁要不想活就尽管往前冲。

这台电曲儿一共花了陈山六十七块钱，最后的八块钱是帮人讨债挣来的。他的额头上挂着一缕新鲜的血，连擦都没擦，他直接去新新百货买了一台电曲儿往家里跑。当他把收音机小心翼翼地放在妹妹陈夏的床头柜前，并且调出了声音的时候，陈夏笑了，露出一排白牙。她的眼睛看不到陈山额头上已经凝固的血迹。现在，这台收音机像一个熟睡的婴儿一样，安静地躺在陈金旺的怀里。陈山远远地看着他，他的头发一根也没有掉，仍然是那么的浓密繁茂，只不过是略略有了一些灰白的颜色，很像是深秋农作物上落下的一层霜。在陈金旺的心里，只钟爱着他品学兼优的大儿子陈河，一个在北平清华大学读书的有出息的儿子。陈河才是全家莫大的荣耀，即使这个儿子有好几年失去了联系，像一只突然被风吹走的风筝一样。大约在两年前的辰光，陈河突然从昆明往家里寄来了一封信，说因为打仗，学校先搬到长沙，又搬到昆明。改了个名，叫西南联大。他人在昆明。

那天千田英子带着陈山慢慢退出了弄堂，按荒木惟的吩咐，陈山不需要再和陈金旺见上面，免得节外生枝。陈山远远地看着晒太阳的陈金旺说，老东西，你给我好好的。

千田英子穿着中国服装，她一直站在宝珠弄半明半暗的光线里。她听见了陈山刚才的话，所以她用蹩脚的中国话说，陈桑，你父亲叫什么名字？

陈山说，他叫老东西。

千田英子说，很奇怪的名字。我也特别想我的父亲，他在我的家乡札幌是一名酿酒师。

陈山没有理会千田英子，大步地向弄堂外走去。千田英子紧紧跟了上来，说，他酿的清酒，在当地很有名。

陈山停住了脚步，他转过身来对千田英子皱了一下眉头说，那你不好好学酿酒，你来我们国家凑什么热闹？

陈山和千田英子走在回梅花堂的路上时，刘芬芳穿着一件月白色的长衫正站在路边看海报墙。他的身体有些臃肿，仿佛像是要撑破长衫似的。刘芬芳转头的时候看到了陈山，于是他离开海报墙，快步赶上去挡在陈山的面前。刘芬芳在麦根路开了一家芬芳牙科诊所，他是嘉兴海盐人，和陈山、宋大皮鞋和菜刀这些"包打听"比，他算是最有钱的人。刘芬芳冷笑一声说，姓陈的，你三个月前卖给我的那支枪，还是生了锈的，那子弹像是潮掉了似的，怎么也打不响。今天你得把十块钱还给我。

你十块钱就想买一把好枪？十块钱顶多只能买一把弹弓。陈山说。

弹弓也比你这把破枪好多了，刘芬芳愤怒地嚷了起来，你忘了我在码头上杀出一条血路帮你讨赌债？

陈山笑了，识时务者溜得快。你赶紧溜，不然你的卖相会很难看的。

陈山说完，和千田英子一起并排往前走去，边走边说，这是一个疯子，咱们不能理他。刘芬芳还是追了上来，手搭在陈山的肩上。千田英子突然出手，扣住了刘芬芳的手腕，顺手将手腕别了过去。

刘芬芳痛得哇哇乱叫，说你胆大包天，真是不想活了。他另一只手拔出了那把生锈的手枪。

千田英子卷腕夺过枪，一脚又把刘芬芳踢倒在地。千田英子朝刘芬芳连开数枪，枪枪射在他裆部一寸的地方，刘芬芳的裤子随即湿了，整个人颤抖得像是在抽风。千田英子把枪扔在了刘芬芳身边，拍了拍手上的灰尘说，胆小如鼠。

陈山在刘芬芳身边蹲了下来，叹了口气温柔地说，芬芳，我说过你的卖相会很难看。你就是不肯听大哥的。

刘芬芳说，你这个骗子。

陈山又叹了口气说，骗子不好当。你就是因为没脑子才只会拔牙。

　　刘芬芳眼睁睁地看着陈山和千田英子一起离开，只留给他一个各自的背影。有路人从他身边走过，好奇地望着他屁股底下一摊湿漉漉的地面。刘芬芳忙把枪捡起来插回了腰间，一骨碌爬起来说，不许看，特工执行任务。

　　那天陈山从梅花堂的院子里回过头，远远地望着快快离去的刘芬芳，突然想起他应该找宋大皮鞋和菜刀告别的。宋大皮鞋本来就是一个修鞋的，而菜刀就是一个磨菜刀的，他们和陈山在宝珠弄差不多混了有十来个年头儿了。陈山看着刘芬芳的身影消失，然后别转身一步步走向荒木惟的办公室。荒木惟照例在弹钢琴，弹琴的时候陈山把想和朋友告别的意思跟荒木惟说了一下。荒木惟看上去像是没有听到，他专注地弹完了一曲钢琴然后转过身子，对陈山说，肖正国本来就没有宋大皮鞋和菜刀这样的朋友，所以你不能去和他们告别。

　　可我不是肖正国。

　　忘掉陈山，你就是肖正国，军统党政情报处航侦科科长。荒木惟的声音低沉而充满磁性。

　　那天陈山对着一面墙，久久没有说话。他觉得人生奇特，宋大皮鞋和菜刀怎么就突然在他的生命中像消失了一样呢。他对着那面墙在心里默念。朝天一炷香，就是同爹娘。有肉有饭有老酒，敢滚刀板敢上墙。

　　陈山又说，再见，宋大皮鞋，菜刀，还有笨蛋刘芬芳。

叁

在陈山下楼以前，荒木惟站在楼道口为陈山点了一支烟。在丝丝缕缕的淡蓝色烟雾中他告诉陈山，这是陈山在完成任务以前最后一次抽烟。因为肖正国不抽烟。然后陈山拎着皮箱，和千田英子一起走下楼去。荒木惟望着陈山越来越远的背影，满意地笑了。他甚至有些喜欢陈山，他认为陈山天生就是一个特工。无论从哪一个方面看，现在的陈山都是一个彻头彻尾的肖正国。甚至他的口音中，略微有了重庆的味道。他下楼的时候，连提箱子用的都是左手。因为肖正国是个左撇子。

陈山每走一步都在惦记着自己的妹妹陈夏，但是他不知道陈夏就在荒木惟的办公室里，她把双手规矩地放在自己的膝盖上，背对着一扇窗户安静地坐着。她听到了各种脚步声，并且能分辨出哪一种脚步声来自小哥哥陈山。荒木惟推门进来，看到阳光透过窗户，打在陈夏充满着细密绒毛的光洁的脸面上。

我小哥哥呢，我为什么不能见我小哥哥。陈夏空洞地望着前方，看上去像是同空气在说话。

你小哥哥负有特别重要的使命。他还不能见你。但是有一天你会见到他。他让你在这儿等他。

说这些话的时候，荒木惟就站在窗口目送陈山，像是欣赏一件心爱的作品。他看到院门口千田英子和陈山一前一后上了一辆别克车。车子开走了，荒木惟就对着窗外说话，陈夏，今天我要教你弹一首《樱花》。陈夏睁着一双看不到一丝光线的眼睛，点点头说，你的钢琴要调音了。我听到好多杂音。

这是一台斯坦威牌三角钢琴，钢琴的正上方雕刻着两个栩栩如生的天使，遗憾的是其中一个天使的人像在多年的辗转中遗失了。荒木惟牵引着陈夏的手，轻轻抚摸着那个仅存的天使说，陈夏，你愿意做个天使吗。

这让陈夏想起了一个普通的下午，父亲陈金旺去码头扛活了，她就坐在床沿上，抱着陈山买给她的收音机听连阔如的评书《全本隋唐》。陈夏是被一个叫千田英子的日本女人带走的，听到脚步声的时候，陈夏咧开嘴笑了，对千田英子说，两位先生和这位小姐，你们找谁。

千田英子立即愣了。

陈夏是被千田英子以陈山在找她为由从家中带走的，当然她并不知道自己将作为人质。在荒木惟的办公室里，她安静得一塌糊涂。荒木惟一步步走了过来，走到她面前的时候低声说，我是荒木惟，是日本人。我知道你叫陈夏。

陈夏打断了荒木惟的话，她说，荒木君，你有心脏病。

我为什么就有心脏病？

陈夏说，因为你的心跳有时候快，有时候慢。

就在那一刻，荒木惟心中涌起了千丝万缕的喜悦，突然觉得陈夏不用死了。他想要让陈夏试着监听电台。他缓慢地仰起脸，心中想这一切都是上帝最好的安排，也是天皇陛下冥冥之中的恩泽。荒木惟开始同陈夏谈天，他每天都会泡一壶龙井茶，每天都要边喝茶边给陈夏讲一个钟头。他主要讲的是大上海一片和谐，中日亲善，美好如春。如果你的眼睛能看得见，你出门去看看就知道，一切都在变好。而一九三七年曾经响过的枪声，是因为日本人必须动用武力，才能让大东亚共荣。这一切都是因为中国军队的盲目抵抗造成的，让中国人和日本人白白多流了那么多的血。

陈夏一言不发。在她的记忆里，几年前上海好像确实是打过一次仗的。那些天陈金旺不再出工，窝在家里吃一碗老酒。陈山还是见不到人影，他仿佛比以前更忙了。如果隔三差五陈山出现在家中，也是喝得醉醺醺地回来，然后陈金旺的骂声就会响起来：瘪三。陈山从不会同陈金旺争吵，他当作没听到，然后他会出现在陈夏的房间里，摸一下陈夏的头发，把一块力士香皂或者一盒百雀羚塞在陈夏的手里。

陈夏就笑，说，小哥哥，什么好东西。

陈山开始吹牛皮，说小哥哥的好东西多如牛毛。这是人家找我办事体，送给我的。漂亮女人才能用。

陈夏又笑，说，我很漂亮吗？

陈山说，我妹妹是全世界最漂亮的女人，就算你以后要嫁人了，小哥哥也得给你办最像样的嫁妆，不能让人家小瞧你……陈山还没有说完，就响起了轻微的呼噜，他倒在妹妹的床上睡熟了。

这些记忆跳出来，让陈夏更加想念小哥哥。她突然觉得，小哥哥几乎就是她的全世界，有时候她想小哥哥想得要哭。在这样的情绪里，她得按照荒木惟的指令学习监听。果然陈夏的天赋让荒木惟惊讶，她很容易找到一般人根本听不见的电波频率，在上海上空纷杂交错的无线电信号中找到隐藏得最深的电台。那时候荒木惟觉得，陈夏比她小哥哥更适合当一名特工。他决定要找合适的时机，把陈夏送往日本，接受最严格的训练。

肆

　　陈山进入重庆的旅途显得无比漫长。春天已然来临，江面上的春风灌进陈山的身体，这让他有一种想要打一架的冲动。在轮船和汽车的百转千回中，陈山始终闭着眼睛。在每一个落脚的码头，陈山都能看到遍地疮痍。他突然觉得他的国家是一个破掉的国家，破得千疮百孔。他想起自己学了跳舞，主要学习的是那种叫探戈的舞，高雅而热烈。教他跳舞的是荒木惟的助手千田英子。那天在梅花堂底楼的小舞厅里，英子和陈山跳《一步之遥》，跳得热烈而欢畅。陈山身上有了微汗，并且他能闻到千田英子身上散发出的青草的气息。这时候荒木惟走进了小舞厅，他的身后有七个人被几名特工人员押着跟了进来。荒木惟不说话，他拔出手枪射杀了六个人。他只打眼睛，子弹穿过眼睛洞穿了脑袋。打完以后，他把枪扔给了陈山，说这是国军在用的M1911手枪，一共可以装七发子弹。现在枪里还有一颗子弹。

那天陈山开了枪。在三个月的训练中，他对着人形靶开过无数次枪。但这是他第一次杀人。陈山用枪对准第七人的心脏。那人的眼神无比空洞，仿佛在望向遥远的一座山。陈山扣动扳机，喷洒出来的血滴落在他的皮鞋上。他蹲下身，用一块布擦了很久都没有擦干净。在他的眼里，那红色的血液渗进了皮鞋里，永远也擦不干净了。音乐一直没有停，《一步之遥》仍然热烈而欢畅。荒木惟在这样的热烈中蹲下身来，在陈山的耳边说，别擦了。再怎么擦也不会擦得干净。我让英子给你买一双新皮鞋。

现在陈山极力想让自己平静下来。靠在轮船甲板的栏杆上，陈山开始在江风中想象一个叫余小晚的女人。按规定余小晚是他新婚才一个月就分开的堂客。他必须先熟悉自己的堂客。余小晚，25岁，重庆本地人，宽仁医院最年轻的外科医生，曾参加重庆红会组织的战地救援突击队……据说她曾经自己为自己动过一个小手术并缝合过伤口，还在临江路上的扬子江歌舞厅被选为了皇后。还据说，她一般是不喝酒的，但是喝了就不会醉。

伍

　　身负重伤三个多月后的一天，被认为已经牺牲的肖正国居然从上海回到了重庆，出现在乱糟糟的朝天门码头。天空中飘着细雨，陈山在这陌生的重庆气息里站了一会儿，然后被一名小胡子直接接走了。小胡子是军统第六处人事行政科的，按他的说法，肖正国的船票信息早就被军统上海区的外勤人员掌握。他有一双看上去十分有力的小短腿，走起路来像是装了轮子一般滚动，拎着肖正国的皮箱一个劲往前窜。那天军统局本部安排接陈山的那辆老掉牙的破车，并没有开往罗家湾，而是把他带到了局本部设在磁器口的秘密审讯室。那是一间废弃的仓库，陈山怅惘地望着这间诡异的屋子时，小胡子突然从背后袭击了陈山。他从背后抓住陈山的双肩，麻利地把陈山扛摔在地上。然后一支枪顶在了陈山的头上，有五个人从角落里冒出来，他们都用枪指着陈山，把他团团围了起来。

陈山记得自己被捆在一根柱子上。他看到不远处有一段吊起来的木头，在他眼里，那是一截睡死过去的树。有人推动了木头，那木头就像敲钟一样，狠狠地撞向陈山的胸口。这让陈山痛出了一身冷汗，他觉得胸口涌起了一丝丝的甜，并且想起了曾经断掉的两根肋骨。他十分害怕这一次木头把胸骨也给撞断了，如果是那样，那他将是一个支离破碎的人。小胡子最后举枪对准了他的头，说肖科长，你在上海叛变，加入了日谍组织。你把在上海的事情讲清楚。

陈山说，讲不清楚了。你开枪吧。

小胡子说，死比活着容易多了。我舍不得你死。

陈山笑了，说，那你也别问了，我光养伤就养了三个月，没闲工夫投敌。

小胡子说，好，那你去死！

小胡子用枪顶在陈山的脑袋上，扣动了扳机，传来的却是一声空响。在寂静的仓库里，这"咔"的一声空响传得很远。荒木惟就是在这声音里出现的，看上去他好像风尘仆仆的样子，被几个人簇拥着出现在陈山面前。后来他在一张桌子前坐了下来说，我想吃面。

一碗面条端了上来，荒木惟用筷子搅动面条。他吃了一碗很辣的面条，吃得全身冒汗。然后他用一块干净的白手帕擦汗。他吸了吸鼻子，把碗一推说，你妹妹陈夏也来重庆了，我想让她闻闻重庆的味道。

陈山说，她在哪儿。

你不用知道。她永远会在一个比你安全得多的地方。

陈山说，让我见她。

完成任务以前，你不可以提这种不合理的要求。荒木惟点燃了一支雪茄，把脚架在了那张桌子上，喷出一口烟来说，她很可爱，咱们当哥哥的，都要对她好一点儿。

那天陈山被人解开绳子放了下来。荒木惟慢条斯理地向陈山下达了指令——拿到重庆高射炮群的布防图。荒木惟告诉陈山，每次日军大编队航空部队出发的时候，重庆早就掌握情报。浮图关徐家坡上清寺，是指挥部所在地，戒备森严且有防空设施。他们的其中一份防空图，就藏在军统局本部第二处机要室。重庆的地面高射炮群那么厉害，这让支那派遣军总司令部伤透了脑筋。陈山终于想起，荒木惟第一次见到他的时候就曾经说过，重庆的高射炮像长了眼睛。

管机要室的那个人，叫马三妹。荒木惟笑了，他的眼睛弯了过来，像一位久违的兄长。他走到陈山身边，拍了拍陈山的肩说，想让重庆少死人，就得让重庆先投降。你这是为你的国家做好事。

陈山什么话也没有说。他看着荒木惟在数名特工的簇拥下离开。走到门口的时候，荒木惟停下了脚步，像想起了什么似的转过头来说，你是怎么看出这些人不是军统的。

用木头撞我，是不想要让我身上留下伤痕，那样可以让我重回军统。而且军统使用最多的刑具是皮鞭和老虎凳。

还有呢？

刚才那个小胡子，他把我摔在地上的动作，不是中国武术，也不是蒙古摔跤，更不是中国部队里的军体拳术。

是什么？

是柔道。

荒木惟瞪了那个小胡子一眼，说，川口君，看来要送你上前线了。你的演技一点儿也不好。

荒木惟说完，大步流星地向外走去。陈山用手揉着胸口，望着荒木惟带人鱼贯离开。他的肋骨不由自主地又痛了一下。接下来，整个仓库都显得无比冷清了。很久以后他缓过神来，拎起皮箱，一步步地向外走去。走到门口的时候，陈山看到重庆的傍晚已经来临，天从遥远的地方开始一点点儿黑了过来。陈山开始想念被押到了重庆做人质的妹妹陈夏。就在这时候，短促的警报声从城内传过来，一场黄昏时期的轰炸，开始降临在重庆。陈山抽了抽鼻子，他闻到了火药的气息。

陆

　　这是一个空袭后的夜晚，雨后的空气潮湿中带着一丝黏味。表示警报解除的绿灯笼在一片雾气中升了起来。这一个寻常的日子，军统党政情报处航侦科副科长周海潮陪余小晚去民权路上的华华公司，买了刚到的湖州丝绸，又去了后市坡的祺春西餐厅吃牛排，接着还去了青年路的国际俱乐部跳舞。周海潮把这一天安排得满满当当，他是肖正国的副手。三个多月前他协同刚从航空部队调往第二处任航侦科长的肖正国一起去上海执行任务，结果被汪伪76号特工总部行动处毕忠良的人围捕时，亲眼看到了肖正国被击毙。消息从他这儿传到了局本部，也传到了肖正国的遗孀余小晚的耳中。余小晚大概哭了足足一个钟头，是她的好姐妹张离一直陪着她。后来张离说，你能把他哭活吗？

　　不能。余小晚随即停止了哭泣说，我主要是为我地下的爹哭的。是我爹硬挑的这个女婿。

那就别哭了。该跳舞跳舞，该喝酒喝酒去吧。

余小晚破涕为笑，说，张离，这世界上只有你最懂我。

现在余小晚就是同周海潮在跳舞。周海潮的舞跳得像友军美国大兵那样潇洒，在余小晚的眼里，这大概是因为周海潮的腿和美国佬一样长。余小晚春风满面地说，你天生就是跳舞的。

不，我是上帝派来陪你跳舞的。周海潮说。

你的嘴巴真甜。

平常我懒得说话。看到你我才有说话的欲望。周海潮双眼盯着余小晚说，比方说现在，我真想这舞曲停不下来。

为什么。

因为这样可以一直跳舞，跳到老，跳到死。

周海潮送余小晚回家的时候，余小晚已经有些酒意。她走路的时候身体一摇一晃的，还不时地发出咯咯咯的笑声，在空旷的夜色中传得很远。周海潮用手挽紧了她，他总是觉得今天晚上有什么事会发生，这让他的心里很不踏实。果然他看到了一个男人，坐在余小晚家门口的石阶上，正在喝一瓶比利时的樱桃牌啤酒。这是一种能把牙齿酸得掉下来的啤酒。陈山想不通肖正国为什么喜欢喝这种酒，那还不如干脆买瓶醋喝。石阶的侧面，长满了生机勃勃的青苔，给人一种潮乎乎的感觉。这种感觉让陈山觉得浑身不舒服，他开始想念上海，想念码头、舞厅和宋大皮鞋、菜刀、刘芬芳以及一帮混码头的兄弟。远远地看过去,他本身就像是青苔上长出的一株奇怪的植物。他的头顶上,是一盏有着绿铁皮灯罩的路灯,灯光把他的影子孤独地扔在地上。

他看到了周海潮和余小晚,他晃荡着啤酒瓶说,余小晚,我一直在等你。

余小晚不说话,她和周海潮对视了一眼。

周海潮的眼睛从侧面偷偷瞄向了陈山的脖子,他看到了陈山脖子上一个醒目的枪疤,像一只爬在皮肉上的甲虫。周海潮的背脊心一阵阵发凉,他敢肯定当时在苏州河边的堤岸上,他对着奄奄一息的肖正国后脖子开了一枪。他特别希望自己能顶替了肖正国的位置,同时也顺便把一直心仪的余小晚给接收了,所以他必须要有这一枪。前几天,处里已经决定让他升为航侦科科长,而且要命的是,明天就会宣布这一决定。现在他要做的,是努力地挤出一个笑容,说,兄弟,你还活着?

陈山根据熟读的资料,知道这个人应该是周海潮。陈山冷笑了一声,你希望我死了?

周海潮无话可说,就那么局促地站在路灯光下。陈山又冷笑了一声,说,那么晚了,你怎么会和小晚在一起?

周海潮尴尬地笑了笑说,小晚去参加舞会,我送她回来。

陈山喝了一口啤酒,盯着周海潮说,谢谢你那么关照我,还那么关照余小晚。以后自己的事自己来。

周海潮说,都是自己人。

陈山笑了，说自己人不会挖墙脚。

周海潮说，可我以为你已经牺牲了。

陈山又笑了，说，我不是一个容易死的人。

事实上陈山无从知晓当初肖正国和周海潮在上海执行任务的最后时光，更不知道周海潮向肖正国下了手。对于陈山来说，这永远都是一个谜团。余小晚没有理会陈山，她打开门开亮灯，看到陈山熟门熟路地进入到家中。陈山把皮箱往地上一放，然后他看到了房间的沙发上，放着整齐的军被和枕头，又联想到余小晚看到自己的时候，那种冷冰冰的样子，就猜想肖正国和余小晚是分床睡的。

陈山回过头去，看到周海潮竟然还站在家门口。陈山就大声地说，周副科长，你要是想住在这儿的话，你快进来。

周海潮回过神来，他和余小晚打了一声招呼，无趣地往回走。陈山的心里就得意地笑了一下，他对心里的那个肖正国说，姓肖的你被挖了墙脚了。陈山摇头晃脑地走到军被边上，开始在地板上铺棉被，一边铺一边说，我回来你好像不太高兴。

余小晚想了想说，我很高兴。我高兴得都去跳了一晚上的舞。

陈山说，这话里有火药味。总有一天我灭了这火药味。

余小晚就惊诧地看着陈山忙碌的背影。她突然觉得，现在这个肖正国像个男人了。余小晚换上睡衣以后，总觉得心里有些怪怪的，她到厨房的柜子里拿了一个青光光的小苹果，放在水龙头下面仔细地洗着。洗了半天以后，她开始吃苹果。她一边啃着新鲜而小巧的苹果，一边把自己倚在了门框上，对着被筒里的陈山说，你有志气。

陈山不假思索地说，有志者，事竟成。

余小晚说，你以前不是这副腔调的。你以前没得这么硬气。

陈山说，现在不了。因为我好不容易活下来，我得为自己活。

陈山边说边摸了摸脖子上的枪疤，他仿佛听到了一声清脆而短促的枪响。这让他的后脖子又凉了一凉。从他的视角望出去，可以望见倚在门框上的余小晚，也可以越过余小晚的脚背，看到大门口的一只猫。猫已经很干瘦。它老了，老得很重庆的样子。后来陈山开始想念陈夏，他觉得自己这都是在为陈夏活。他还想到了陈金旺，这个念头让他吓了一跳，他觉得自己是不可能去想念陈金旺的。他没有想到的是，陈金旺正在遥远的上海的一间民房里，专心地吃一大碗大壶春的生煎。他太热爱生煎了，他觉得在他的生命中生煎比陈山还重要。那台陈夏留下的收音机陪着他，收音机里正在放着软不啦唧的江淮戏。他吃着生煎，却突然在江淮戏软绵绵的曲调里感到了一阵悲凉。于是他开始想念远在昆明的大儿子陈河，和突然消失的女儿陈夏。

柒

第二天中午十点钟，陈山晃荡着走向罗家湾19号，向军统局本部党政情报处处长关永山报到。凭着对地图的记忆，他像是一个去熟人家串门的客人。马路上的景象，和陈山想象中的一模一样，如同在重温一个梦境。所以陈山突然以为，他来到重庆可能是前世注定。见到第二处处长关永山以后，陈山按程序接受了局本部防谍科对他进行的身份甄别，同时周海潮即将到手的航侦科科长位置也理所当然地搁浅了。从防谍科接受问讯出来后，已经是黄昏。陈山又去找了副处长费正鹏报到，站在办公室的门口，他看到费正鹏办公室墙上不伦不类地挂着一张重庆地图和一把琵琶。陈山还看到了一个穿着阴丹士林旗袍的女人，消瘦而安静。已经有三年了，她一直没有得到未婚夫的消息。在第二处下属的党政科里，她是一个28岁的老姑娘。她很少出门，因为少出门所以她看了大量的书。在陈山的眼里，她像一只轻手轻脚的猫。她看到陈山进来的时候，脸上露出了惊诧的神色。陈山明显地觉得，她一定认识肖正国，而且非常熟。陈山笑了，说，张离。

陈山几乎是在初春的这个瞬间，喜欢上了张离的头发。陈山又说，张离，我记得你本来是短头发的。

现在张离的头发刚好及肩，松垮而柔顺地披散着，却又是那种恰到好处的长度，仍然能显出她精干的样子来。陈山想起荒木惟的话，余小晚有一个最要好的小姐妹叫张离，她在军统第二处工作。而事实上，张离的未婚夫是一名中共，在三年前的一次围剿战中牺牲。

张离笑了一下，恢复了淡得像烟一样的神情。她说，正国你回来了。

张离是给费正鹏送一份秘密死刑的执行命令的，要被处决的是一名早年潜伏在军统的中共特工。民国二十八年起，虽然一致抗日，但是国共摩擦不断，上头已经秘密下发了《限制异党活动办法》和《共党问题处置办法》。费正鹏有些怅然地合上了文件夹，他把文件夹递给张离的时候说，总有一天我们和他们还会在战场上相见的。

"肖正国"在离开重庆三个月零十七天以后，回到了他的组员身边。凭着死记硬背记下的资料和旁敲侧击，他晓得了每一个组员的名字。当然，春天正在四平八稳地向前推进着，战火年代的春天，和以往的春天并没有两样。而副科长周海潮在这个春天里显得异常的不安，他和关永山走得比较近，一直帮关永山在收集流落各地的名贵紫砂壶。关永山喜欢紫砂壶喜欢到快要疯掉的样子，他甚至有一把清代嘉庆年间杨凤年做的竹段壶。正因为这样，周海潮从没有把分管他的副处长费正鹏放在眼里，他偷偷地开始调查陈山。直觉告诉他，三个月后突然出现的肖正国有点儿怪异和蹊跷。但是周海潮不知道，他的每一根头发丝在风中稍微颤动，都没能逃脱费正鹏的眼睛。

费正鹏并没有点破周海潮。他像一只乌龟一样，在无数个漫长的下午静静地蛰伏在办公室他的棋盘前，一动不动地想他的年轻岁月。在他的青春岁月里，有一个会弹琵琶的苏州女人——庄秋水。

他只有五十挂零，但是他觉得仿佛已经过完了一生。

作为余小晚父亲余顺年顶要好的多年好友，在余顺年去世后，他经常来家里看望和照顾余小晚。他是一个中医爱好者，经常研究各种草药和穴位图。他还有个拿手绝活擀面条，这种加了辣子的面条把陈山吃得热火朝天。陈山觉得这面条里有姆妈的味道。陈山和费正鹏吃完面，都把碗往桌子中间一推。费正鹏说，我有一句话想和你说。

陈山就认真地听。费正鹏说，死在别人手上没话说，千万别死在自己人手上。

陈山明白了费正鹏的意思，想了想说，谁死还不一定呢。

费正鹏说，真是年轻人。

费正鹏又笑着说，你和余小晚，是要好好过日子的。

　　陈山也笑了，他知道余小晚又去舞厅了，于是就说，好好过日子的人现在在哪儿？

　　费正鹏就不说话了。想了想说，下棋下棋。那天晚上突然遇上战时应急停电，费正鹏就和陈山在桐油灯下下棋。余小晚是又出去跳舞了，跳得很晚才回来。她显然喝了一点儿酒，不知道怎么回事她的一只皮鞋的后跟断了，所以她是光着脚回来的。陈山从棋盘上抬起头的时候，看到的是余小晚光着一双脚，左手拎着一双皮鞋右手拎着一网兜苹果出现在门口。陈山还听到一辆小汽车远去的声音，他沉着脸拿起了一颗"炮"，重重地敲在棋盘上说，炮二进一。费正鹏一直在边上看着陈山，陈山的脸上慢慢浮起了笑意，他转头看了一眼拎着一网兜苹果回来的余小晚，说，他要是真有本事，应该背着你进屋。光着脚会受凉的。

　　那天半夜，陈山在桐油灯下认真地替余小晚修好了鞋后跟。他修鞋是因为宋大皮鞋会修鞋，他经常在宝珠弄的弄堂口看宋大皮鞋修鞋。余小晚倚在门边啃一只苹果，她看着陈山修鞋。陈山说，过来。余小晚就顺从地走了过去，走到陈山的身边说，你连鞋也会修。陈山抓过余小晚的脚后跟，把鞋子套在了她的脚上说，比当医生简单多了。

　　陈山后来躺在地板上，对着黑暗中的天花板说，喂，那个油头粉面的混蛋要敢再缠着你，总有一天我会让他连肠子也悔青。余小晚没有说话，她在黑暗中睁着黑亮的眼睛，想着这个突然回来的肖正国，和以前的肖正国的脾气不一样了。她久久没有入睡，能听见陈山细若游丝的鼾声，不由得在黑暗中笑了。后来她觉得有些渴，就下床倒杯水喝，当她倒了一杯水光着脚迈过陈山铺在地板上的被铺时，水不小心洒了下来，洒在陈山的脸上。陈山翻了一个身，含糊着又睡去了，嘴里模糊不清地说，小心着凉。

余小晚的心里，突然荡起了一丝波纹。

捌

那天周海潮抓到了一名日谍。看上去他的头发丛中散发出热气，浑身热腾腾的样子。他几乎是牵一头羊一样抓着日谍的衣领往审讯室走。陈山从办公室看到了走廊上日谍一闪而过的脸，那张脸很白净，脸盘有点儿像朝鲜人。这是一个看上去只有十七八岁的姑娘，这让陈山一下子想起了妹妹陈夏。陈山拿着自己的茶杯，笃悠悠地站起身来走出办公室。在幽长的木地板走廊上，陈山慢条斯理地跟了过去。他看到周海潮把日谍猛地一拉，推送进了审讯室。周海潮转过头，对陈山笑了一下说，肖科长，我抓到一名日谍。

陈山踱进了审讯室，他在审讯桌前坐了下来，专心地喝茶。那是一种叫"老荫"的茶，说是本地的茶叶，但陈山并不喜欢喝。上海人一般喝的茶都是浙江过来的绿茶。陈山不时地拿嘴吹吹茶杯上的热气，仿佛在研究这种陌生的茶叶。炭炉越来越旺了，那架在炉子上的烙铁开始张牙舞爪地红起来。周海潮猛抽了那名日谍几个耳光，那日谍的脸就肿了起来，嘴角面条一样挂下一长串血来。周海潮想把日谍绑在柱子上时，日谍突然一头撞向了那只哔哔作响的炭炉。周海潮闪身挡在了日谍的面前，他恼火地顺势把日谍的脸按向了炭炉。周海潮的脸涨得通红，嘴眼鼻扭成了一团，他疯狂地大声吼叫着说，想死是不是？想死没那么容易，我先把你的脸烤熟了。

日谍惨叫的声音撕心裂肺地响了起来，陈山不由得皱了一下眉头，他担心日谍把自己的嗓子给喊哑了。陈山闻到了皮肉烤焦的气息，在这样的气息里，他感叹着她无比决绝的勇气。陈山走到周海潮身边，挡开周海潮，把日谍的身子拉直了。日谍的半边脸已经熟透，她用一只还没有被烧坏的眼睛恶狠狠地看了陈山一眼，随即晕倒在地上。陈山的心就痛了一下，他想起的仍然是妹妹陈夏。如果有一个人把陈夏的脸变成这样，那么陈山要做的一件事就是把那个人用一千刀割死。

周海潮笑了，说，戴老板说过，在重庆潜伏着大量的日谍。

陈山说，她像是朝鲜人。

她就是朝鲜人。替日本人卖命的。周海潮踢了地上的那名日谍一脚，然后掏出一包黄金龙香烟，递了一根给陈山。陈山说，我不抽。周海潮说，咱们在上海那几天，你抽过的。抽一根吧。

陈山就抽了一根，但很快他就被烟呛到了。周海潮大笑起来，他拍着陈山的肩说，要想像个男人，那就得学会抽烟。

陈山也笑了，他劈手夺过了周海潮手中整包的黄金龙香烟，塞进了自己的上衣袋里说，好，从现在开始学。

费正鹏刚好从办公室赶到审讯室，他看到了陈山夺烟的样子，摇头笑了笑说，真是年轻人。

那天三个人就在审讯室里聊了一会儿，那个美丽的日谍躺在冰凉的地上。真正的春天，正在往重庆赶来，但是地面仍然是冰凉的。炭炉里的火苗发疯似的越烧越红，一起红的还有那把一直没有使用的烙铁。周海潮一边聊天，一边越来越觉得，陈山有什么地方不对劲。但是他说不出来，几个月前肖正国刚刚新婚，从空军部队秘密抽调到军统第二处就被和他一起派往了上海。说白了，他和肖正国没有熟到几分。

那天陈山叼着烟离开了审讯室。他离开的时候，看也没看地上的女日谍一眼，但是心里还是疼了一下。后来陈山一直以为，那是因为这女日谍太年轻了。他叼着烟缓慢而沉稳地向前走去，费正鹏的目光始终没有离开陈山的背影，但是话却是对周海潮说的，海潮，下手轻一点儿。女人跟男人不一样。

陈山叼着烟经过张离的办公室时，张离埋着头在看一本叫《子夜》的小说，她一直没有抬头。陈山就隔着门框一直看着她乌黑的头发。烟快烧到手指头的时候，陈山把烟在墙上掐灭了。这时候张离抬起了头，用手驱赶着烟味说，真臭。

陈山眯起眼睛笑了，你是在说香烟，还是人。

张离笑了笑，不再说话，还是把那本《子夜》摊开了，封皮向下放在桌上。陈山也不说话，就那么站着。两个人都不说话，都若有所思的样子。陈山透过还没完全散尽的烟雾，看着若隐若现的张离。这时候，防空警报又响了起来。两个人还是不说话。后来当陈山离开的时候，张离突然说，喂，小晚不容易。

陈山没有回头。

陈山每个礼拜都会有一次和陈夏通话的机会。他不停地问陈夏一些问题，比如你住得好不好？你那儿吵不吵？有没有汽车的声音？陈山试图说一些不相干的事，来判断出陈夏的方位。但是荒木惟的声音在话筒里响了起来，荒木惟说，陈山君，不要试图知道那些你不应该知道的事。你妹妹在我这儿很愉快，你放心，我会好好照顾她的。

陈山的手心就开始冒汗。他突然觉得荒木惟一定有一双隐秘的眼睛，在远远地望着他。荒木惟又说，你有没有听到春天的脚步声已经走近了重庆。

陈山说，春天……怎么了？

荒木惟说，我顶多只能再给你十天时间。惊蛰那天你必须拿到炮群布防图。不然你不用再回上海了。戴老板一定会接到一封检举你的密报，他会收拾你这个日谍的。

荒木惟说完，挂断了电话。他的目光投向了这间二层楼房的窗外，窗外已经是绿油油的一片，这让他想起了家乡奈良那成片森林的那种绿。荒木惟淡淡地对陈夏说，陈夏，你想不想看看春天。

陈夏说，想。

　　荒木惟说，你想不想看看我长什么样子？

　　陈夏又说，想。

　　荒木惟说，那我得找最好的医生为你动手术。

　　这天下午，荒木惟联系上了远在日本东京顺天堂医院的眼科医生竹也，那是他最好的朋友。他对电话那头的竹也说，我想要这个美丽的世界对得起她。

玖

　　宽仁医院的外科医生余小晚回家时，带上了张离。余小晚一直叫张离为离姐，她说男人有割头兄弟的说法，那么离姐就是她的割头姐妹。她们像两道风一样吹开了余小晚家的门时，陈山正坐在屋子里的地板上对着棋盘发呆。他在计算着下一步棋怎么走，也在计算着和惊蛰那天之间的距离。余小晚说，你还发什么呆呀？陈山就想，可能肖正国是会做菜的。那么今天下厨，还是不下厨？

　　余小晚说，杀鱼！

　　陈山明白了，肖正国一定会做菜。陈山懒洋洋地从棋盘面前离开。他来到了厨房，开始杀鱼。他杀鱼很麻利，以前他在上海的酒楼里先是做跑堂，后来又去厨房里帮忙切菜配料。有天他站在厨房湿漉漉的地面上无比烦恼，终于他把菜刀砍进了砧板，大摇大摆地走出了酒楼。他找到了宋大皮鞋和菜刀，又去刘芬芳的牙科诊所，说了许多好听话，说动刘芬芳出钱摆了一桌。那天晚上除了刘芬芳以外他们全都喝醉了，第二天，他们就出现在码头舞厅。他们当上了"包打听"。

现在陈山做了一道醋鱼，也做了一道红烧狮子头。张离一直在帮他，张离给他洗菜和切菜。那天余小晚一直在客厅里嗑瓜子，这让陈山觉得，这儿是他和张离的家，而余小晚是来做客的。陈山斜眼看了一眼张离，说，你还是把头发留长好看。

张离在洗青菜，说，那也得有人想看。

会有很多人看的。陈山在鱼身上用刀豁了几道口子。

那也得有心思想让人看。

陈山想了想，突然不知道应该说些什么。张离正在洗青菜的手停顿了一下，就那样地泡在了水盆里。那水在晃动着，陈山就看到了那双手在水影中显得缥缈起来。张离又开始洗青菜，她又说了一句，我不需要有人看！

陈山不知道，张离想起了一个叫钱时英的男人。这个男人已经离开她整整三年，而且有消息说他战死在一场因国共摩擦而起的小型围剿战中。这个叫钱时英的男人，曾经在某一个嫩黄色的春天，站在窗口从背后抱住她，对着窗外一大片绿油油的春色说，你把头发留长很好看。

但是自从钱时英战死以后，她一直都把头发剪短。她不希望头发长起来，因为思念也会跟着长起来。直到又一个春天将要来临的时候，她鬼使神差地开始留起了头发，与此同时陈山就在重庆出现了。她从回忆里回过神来，朝陈山笑了一下，又补了一句，以后少管闲事。这时候她看到陈山的手伸向了糖罐，然后手一滑，又滑向了盐罐。陈山明明已经放过盐了，那么他的手真正想要伸向的其实是糖罐。但是为什么他的手又缩了回来，是不是不想让她看到他本来就有做菜放糖的习惯？那么，他是苏州人还是上海人？

张离是上海人。父母在美国，她骗父母说自己在国内复旦大学读书，最后终于让父母晓得了她在重庆。她说战乱时期，我有责任保卫家国。父母不能说服她。她对上海人喜好的那种口味，闭上眼睛都能随时想得起来。

余小晚的晚餐吃得十分欢畅，她还喝了一点儿酒，兴致很高地吼了几嗓。这天照例是应急停电，他们在桐油灯下干了杯。陈山也觉得这日子过得不错，他甚至觉得肖正国应该感到知足了。那天张离离开他们家的时候，已经很晚。余小晚让陈山送一送，于是陈山就送一送。走到门边的时候，张离的肩包突然滑落了下来，陈山下意识地一把接住，用右手把包递给张离的时候，陈山倒吸了一口凉气。他想起荒木惟在考验他的时候曾经突然出手，陈山用左手格开。荒木惟满意地笑了，说对，肖正国是左撇子。这个训练场景在瞬间浮上了陈山的脑海，荒木惟当时还说了一句话，在重庆你的每一个小失误，都有可能会让你死。你每天都像抱着一颗炸弹在睡觉。

陈山和张离踏在夜色清冷的大街上。外面有些冷，陈山把大衣披在了张离的身上，张离没有拒绝。初春的寒意钻进了陈山的身体，让他不由自主地缩了缩脖子。陈山觉得他应该同张离说说话的，于是他说，张离。

你去上海之前，是叫我离姐的。张离的目光，一直平视着前方。夜色被她的高跟鞋踩得七零八落。

对对，离姐。你冷……不冷？

不冷。张离平静地说，你的大衣不是在我身上吗？

陈山把手伸向了大衣，搭在了张离肩上说，那我的大衣一定冷了。

张离笑了，她无语地摇了摇头。走到了局本部宿舍不远处的街口时，张离停了下来，把大衣脱还给陈山说，回去吧。前面就是守卫，还有游动哨。给人看到了，半年禁闭。

披件大衣也犯罪？

戴老板每年四一大会都重申的，局本部谁谈恋爱，半年禁闭。

我们这算谈恋爱？

我们谈不谈不算数。人家认为我们谈不谈，才算数。

那天陈山望着张离快步走向宿舍，他赶紧披上了大衣，并且用大衣把自己紧紧地包了起来。他突然觉得尽管做了那么多功课，还是有许多事情让他措手不及。他晓得荒木惟让他熟悉的资料里有四一大会，那是戴笠为了纪念军统局牺牲的特工设定的纪念日，但是他不晓得局本部的人谈恋爱会关半年禁闭。惊蛰的日子越来越近了，他仿佛听到了天空中有隐隐的春雷在缓慢有序地滚动。回余小晚家的路在这个寂静得一塌糊涂的夜晚显得无比漫长，他终于走到家门口，看到门打开了，余小晚把身子倚在门框上。她照例在啃一个小巧的苹果，一边啃苹果一边说，你不会看上我离姐了吧。

瞎说也不打份草稿。陈山说。

那怎么送个人送那么久。我以为你把离姐送到上海去了。

陈山咧开嘴笑了，说，那下次让周海潮送？！

陈山边说边从余小晚的边上侧身而过，走进了屋里。余小晚一下子就愣住了，她觉得她面前的肖正国骨子里，原来是有些刻薄的。陈山脱大衣的时候突然问，离姐说你们是割头姐妹。余小晚又愣了一下说，你怎么……也叫她离姐了。陈山笑了，说没啥，你姐不就是我姐吗？

陈山进里屋的时候，整个笑容慢慢收了起来。他突然觉得，张离的头发不简单，人更不简单。

拾

张离一直坐在自己的床沿上回忆着刚才的所有细节。肖正国做菜以前不放糖，现在爱放糖了；肖正国以前不有趣，现在有趣多了；肖正国以前是个左撇子，但是现在不是左撇子；去上海以前肖正国叫她张离，现在张离说叫的是离姐，他马上改口就叫离姐。更重要的是，肖正国以前执着地爱着余小晚，但是现在肖正国送她回家的路上，竟然说他的大衣一定冷了……张离已经基本判定，这个肖正国是假的。国共合作时期，打入国军内部的，如果不是汪伪特工，那就是日谍。戴局长曾经说，在重庆的日谍多如牛毛，但是能打进军统局本部，并不是一件容易的事。

张离在钻进被窝以前，决定第二天就向中共组织汇报。

第二天国泰大戏院演出话剧《卢沟桥之战》，关永山组织二处不出外勤的人员全部来看了话剧。坐在黑压压的人群中，陈山有些恍然，他觉得像是坐在一片漫无边际的海洋里。陈山在问自己一个问题，我为什么在这儿？当台上的演员们喊出"我们为全民族而战"时，台下的人群都在喊"打倒日本帝国主义"。他们挥舞着手臂，愤怒的声音像潮水一样冲撞与奔涌，大概是想把屋顶的瓦片震下来。陈山没有喊口号，在嘈杂的声音中他的内心反而显得无比安宁。他缓慢地穿过了愤怒的人群，缓慢地走出剧院。对于重庆这座倾斜的城市，他是陌生而新鲜的。他从来没有见过拥有那么多斜坡，却又充满着水雾潮气的城市。天上挂着一个受潮的太阳，有气无力地发出白晃晃的光。这个时候，张离刚好从会心桥的心心咖啡馆那两扇十色压花玻璃弹簧门中接头出来，组织上刚刚给她下达指令，掌握时机再向军统局甲室揭穿假冒的肖正国。张离认为，这个时机就应该是现在，她匆匆地在一张纸上写了匿名的揭发信，折起来放在自己的包里，大步流星地向罗家湾走去。

在回罗家湾的路上，全城的汽笛突然短促地鸣放起来，那尖厉却又钝厚的声音，像是要把云层给撕裂开来。张离抬起头四顾，看到不远处高高飘起了红色的信号气球，在灰暗的云层里显得有些触目惊心。张离开始急促地奔跑起来，日军航空兵部队的飞机也在这一时刻掠过重庆上空。不远的较场口就有个防空洞，张离向较场口开始奔跑。张离在局本部也躲过警报，但是她知道大街上远比局本部危险得多，一颗炸弹果然在她附近爆炸了。她觉得自己的小腿热了一下，像是被什么咬了一口似的。这让她在瞬间失去了重心，摔倒在混乱的人群中。人群密密麻麻地向这边拥来，张离的眼里到处都是晃动着的脚。这时候陈山突然拨开了人群向她奔来，他弯下腰把张离紧紧横抱在怀里，向较场口跑去。他一边跑，一边躲着四处在他身边开花的炸弹。终于有一颗炸弹在他们身边爆炸，巨大的气浪把陈山和张离掀翻在地。陈山用身体紧紧护着张离，像一块硕大的瓦片，所有的乱石和碎渣都砸在了陈山的身上。张离喊，放开我，你快走。陈山又站了起来，推翻了身边奔撞过来的一个人，他咬着牙努力地背起了张离，发疯似的往前奔去。一边奔一边喊，你还没嫁人呢，水汪汪的姑娘，炸死了太可惜。

张离也大声地说，你这混蛋，你就不怕死吗？

陈山突然想起了妹妹陈夏，他想，我当然不能死。陈山说，老子有九条命，想死也死不了。

陈山背着张离往宽仁医院方向狂奔，他最终没有奔向较场口的防空洞。他判断离较场口还有很长的路，也判断张离一直在流血。所以他没有别的选择，只有像疯子一样狂奔起来。张离靠在陈山的后背上，嗅着他粗犷的气味渐渐失去了意识。她突然觉得陈山有一股钱时英的味道。这时候的陈山已经累得喘不过气来，他的眼前已经是一片混乱与摇晃的景象。果然当他跑到宽仁医院门口时，他觉得自己的喉咙差不多已经痛得裂开了。他看到那个红色的十字架图案时，咧开嘴笑了一下，然后不由自主地选择了一个合适的姿势倒了下去。

那天荒木惟一直躲在屋子里抽他的雪茄。后来他走到窗边抬头观望，终于看到了机身上有日本国红色膏药图案的飞机。这些飞机

046

选择低空飞行，不停地投掷牛粪一样的炸弹。在浓重的烟雾中，他把右手举了起来，向飞机敬了一个礼。此起彼伏的爆炸声不时地响起来，陈夏睁着懵然的眼睛说，荒木君，你的血流得更快了。荒木惟笑了，说，我很激动。

为什么？陈夏问。

因为我听到了爆炸声。荒木惟吐出一口烟说，我和一般人不一样，我喜欢听爆炸的声音。

拾壹

张离从昏迷中醒来的时候，看到了窗外白晃晃的光线。陈山就俯趴着睡在不远处的一张病床上，盖着被子，只露出凌乱而柔软的头发。陈山的姿势很奇特，是那种曲起了一条腿的卧姿，像一只正在墙上攀爬的壁虎。张离猛然意识到包里还有那封揭穿陈山的匿名信件，而那只包就在不远处的一张凳子上。张离努力地离开了床，她的小腿上包着纱布，显然在她昏迷的时候，医生为她做了包扎。张离打开包，看到了那封信安静地躺着，她长长地吁了一口气，用力将那张纸撕成了比雪花还细微的碎片。她决定再等一等，希望过一阵再对这个肖正国的身份做一次甄别。于是她把碎屑扔回到包里，然后无力地爬到了病床上。

一会儿，陈山醒了过来。他仍然那么趴着，侧着脸望着张离。他笑了一下，这笑容让张离的心稍微地疼了一下，她突然觉得陈山的笑容像个孩子。陈山眯着眼睛笑了很久，最后说，我看过你的伤口。

张离本来以为，陈山一定会说，你的伤口是被弹片划伤的。但是陈山说的却是，你的皮肤真白。

张离没有接话。她不知道该怎么说，所以她把眼神躲闪着抛向了窗外。陈山长长地吁了口气，他想起了妹妹陈夏。陈夏的皮肤，也像米粉一样白。余小晚就是在这个时候匆匆赶来的，她焦急万分的高跟鞋声由远而近。张离看到了一脸紧张的余小晚，笑了，说这次多亏了肖正国，我得赔你们家正国一身衣服。

陈山仍然趴着，慢条斯理地说，衣服有什么了不起，记着，你欠我的那是一条命。

张离的心里就咯噔了一下。余小晚的嗓门儿响亮起来，说他能有什么要紧的，他跑起来比贼还快。我倒是担心你，我说过你是我的割头姐妹。

张离看了看仍然趴睡着的陈山，瞪了余小晚一眼说，闭上你的老鸦嘴。

这时候陈山哼唧了一会儿，翻了一个身，抓过一张报纸翻了起来。他也不看余小晚，说，我怎么就不要紧了？我可不能让你一个人活下去。那这世上就多了一个寡妇。

余小晚很深地看了陈山一眼。陈山仍然头也不抬地翻着报纸，说，用不着不服气。这是乱世，没有男人，寸步难行。他突然想起了在国泰大戏院看戏时学来的一句台词，就低低地吼了一声，我们为全民族而战，他娘的，日本人想要攻下重庆，简直就是做梦。

余小晚的眼睛忽然就亮了一下，她的脸也仿佛红了一下。她踮了踮脚尖说，喂，鞋匠。

陈山把报纸扔在了床上说，你想说什么？

余小晚说，你补鞋的技术不错。

陈山就盯着余小晚一字一顿地说，我连天塌了都能补。

那天余小晚坐在病床的一侧，给陈山和张离各削了一只苹果。她一直都坐在陈山的床沿上，把手老远地伸过去，递给另一张床上的张离去了皮的苹果。余小晚的心情不错，张离笑了一下，咬了一口苹果说，你们都是会有福气的人。

那天一个干瘦的医生来查房，说陈山和张离都无大碍。张离腿上并无弹片，陈山也仅是因为体力不支而虚脱。从他嘴里陈山知道费正鹏在他和张离都昏迷的时候，匆匆地来病房看过他们。陈山不明白费正鹏为什么那么急着就离开了，张离心中却忐忑起来。她的目光落在椅子上的那只包上，突然觉得，费正鹏匆匆离去，让人有些捉摸不透。

拾贰

　　费正鹏穿着他的中山装，依然经常一个人待在余顺年的书房里。墙上的照片里，有余顺年和庄秋水的合影，他们俩都已经不在世上了。所以，他要像爱护着朋友夫妇一样爱护他们的女儿余小晚。无所事事的时候，他开始教陈山下另一种棋：围棋。费正鹏说，我们做特工的和下棋是一样的，要不动声色，步步为营。你一定要知道一个道理，善弈者善谋。

　　陈山进步得特别快。尽管他总是不能赢，但很多时候，他也能吃掉费正鹏的一大片子。费正鹏就很得意地告诉他说，其实秘诀就俩字，诱杀。

　　那天他们一直到黄昏才下完棋。收起棋子，清点目数，数到一半的时候费正鹏突然把手里的棋子胡乱地撒在了棋盘上，然后他正色地说，咱们下棋谁赢不重要。重要的是你要对余小晚好一点儿。

陈山认真地看着费正鹏说，我对她不好吗？

你得好好活着。费正鹏语重心长地说，空袭的时候你救张离那是多危险的一件事？

陈山说，我这个人有个坏毛病，就是死不了。

费正鹏笑了，说，真是个年轻人。

吃晚饭的时候，费正鹏开了一瓶他带来的红酒，他和陈山还有余小晚一起喝酒。喝酒的时候，费正鹏劝他们离开重庆，去美国生活。他的脸看上去已经浮起了酒色，话也明显地多了起来。陈山从没见过费正鹏激动的时刻，今天他开始挥舞着手臂用重庆话骂人。他说狗日的战争，混蛋，老子有再多的钱也没得用。

陈山一直看着费正鹏。他突然觉得眼前这个五十挂零的老男人，心里装了十八道弯弯。每一道弯，都是山高水长。陈山那天喝完酒，回到了书房。他在庄秋水和余顺年的照片前站了好久，按资料"规定"，他们现在是陈山的老丈人和丈母娘。他突然觉得，这对老人一直都在看着他装模作样地扮肖正国。他还听到了外面一间屋子里，费正鹏的絮絮叨叨，他在说他和余顺年之间的往事，甚至还顺便赞美了一下庄秋水的美貌。

你是看上我妈了吧。余小晚边吃东西边说话的声音传了过来。费正鹏明显地愣了一下，没接上话来。一会儿他说话了，他说你还小，你不能理解我们三个人的感情。我们就像一家子。

费正鹏让余小晚不要和周海潮走得太近，并且告诉余小晚，有很多事是没得后悔药可以吃的，所以这辈子当不当官不重要，有没有钱不重要，重要的是要好好过小日子。他继续延伸开来讲到，正国这个人很好，不要和周海潮走得太近。

余小晚笑了，说费叔叔你管得太宽了，你负责喝好你的酒就行了。

费正鹏凄凉而无奈地笑了一下，他突然想起了庄秋水。庄秋水二十多岁的笑脸浮了起来，这让费正鹏的眼角有些湿润。所以他说，你娘要是还在的话……

我爹在那就更好了。中意肖正国的不是我娘，是我爹。余小晚说，是他死活把我们拉在一块儿的。

费正鹏明显有些愤怒了，他的嗓门儿提高了许多，但仍然将声音压抑着说，肖正国有什么不好？

书房里的陈山还是听到了费正鹏的声音。他对着墙上的余顺年和庄秋水笑了，说，你们安息吧，肖正国确实没有我好。

陈山再次见到荒木惟的时候，是在街口的一个拐角。荒木惟是和千田英子一起突然出现的，他们从一堵烧焦的断墙后闪身而出，挡在了陈山的面前。荒木惟脸上盛开着阳光一样的笑容，他穿着一件西装，还戴了一顶深灰色的礼帽。那帽子边沿上涂了一层明晃晃的阳光，让荒木惟看上去显得不那么真切。陈山终于发现，其实荒木惟的牙齿是很白的。荒木惟看了看四周说，乐不思蜀，你不会真把自己当成肖正国了吧。

陈山说，肖正国是谁？

荒木惟说，中国人都爱当官，但肖正国这航侦科长的官也实在太小。

陈山也笑了说，我不想当什么官。我只想见我妹妹。

什么时候见取决于你。荒木惟说，而且我打算让她也能见到你。我会给她的眼睛动手术。

陈山听到这句话的时候，把自己的腰深深地弯了下去，向荒木惟重重地鞠了一躬。等他站直身子的时候，荒木惟继续说，你们二处机要室的保险柜钥匙在马三妹身上，一直不离身。她是个胖子，最大的爱好是跳舞。

荒木惟又看了看千田英子一眼，说，英子。

英子重重地点了点头。

拾叁

　　军人俱乐部的又一场舞会来临。周海潮和余小晚跳了很多场舞，他们很像舞会上的明星。陈山孤独地坐在角落里，喝他的樱桃牌啤酒。他特别想抽一支烟。张离给了他一支烟，并且替他点着了。陈山还是假装被烟呛着的样子，眯起眼睛笑，说，真的，你还是留长发好看。张离也笑了一下，弹片划伤了她的皮肉，但她觉得这样的伤口并无大碍。她说你老惦记着我的头发长短干什么？

　　你为什么不嫁人呢，你长得那么好看。

　　张离话中有话地说，肖正国，你从来都没有这么爱说话。

　　陈山就不怀好意地笑，人是会变的。我在上海九死一生活了下来，现在啥话都敢说，啥酒都敢喝，最重要的是，啥命都敢玩。

　　那天陈山看到了混在人群里的千田英子，也看到了二处机要员马三妹。马三妹胖得像一只熊，但却能轻盈如陀螺一样在舞厅中央欢快地旋转，春风得意的样子。周海潮和余小晚旋转在舞厅的最中央，灯光最亮堂的地方。他们的舞跳得很出色，这让所有的人都像是蹩脚的伴舞。陈山抽完了最后一口烟，烟头在烟灰缸里撮灭，他站起身微笑着对张离说，演出就要开始了。

陈山又俯下身子，手撑在圆桌的台面上，近距离地看着张离，认真地说，要是我被关禁闭了，希望你能来禁闭室看我。

张离说，给我一个理由？

陈山无语，一会儿他咧开嘴笑了，一字一顿地说：凭我很想见到你！

说完这句话，曾经胆小如鼠的肖正国，脱掉了外套。他开始跳舞了，在上海接受训练的时候，千田英子已经把他的舞姿教得很好。他一个人像白痴一样，装作搂了一个人在跳的样子，旋转着。他转到了周海潮的身边时，突如其来地一把抢过了余小晚，这让余小晚有些瞠目结舌。两个人随着音乐旋转起来，陈山说，我和他谁跳得好？

在余小晚的内心，是认为陈山确实是跳得不错的，但是她嘴上仍然说，你很没教养。

对任何居心不良的人，都不需要教养。陈山的脸上荡漾着笑容。

你好像……有点儿和从前不一样。在一圈圈的旋转中，余小晚还是笑了，她忽然有了和陈山跳舞的兴致。他们忘了舞厅的中央，周海潮阴沉着脸盯着他们。灯光扑朔迷离地打在他的脸上，使他的脸看上去显得冰冷而阴森。

对的。我比以前强硬多了，因为在这个世界上，你只要是个软柿子，就会有人捏你。陈山说。

这时候他们舞到了一直站在舞厅中央的周海潮身边。陈山接着说，有时候光忍让是没用的，还得主动教训一下不知天高地厚的人。陈山说完，松开了余小晚，重重一拳打在周海潮的身上。舞厅里随即大乱，陈山一边打一边想起了他和宋大皮鞋、菜刀在上海里弄打打杀杀的往事，他们提着长刀，穿着沾血的衣裳，耀武扬威地走过弄堂和小巷。陈山的打架本事，足够对付没有多少斤力气的周海潮。周海潮在人们的尖叫声中倒下了，脸上全都是血。陈山跪坐在周海潮的身上，一手掐住周海潮的脖子，一手狠狠地击打着周海潮的脸部。他觉得周海潮的头像一只笨重的木瓜。陈山气喘吁吁地站了起来，他又狠狠地踢了周海潮一脚的时候，看到千田英子在远处向他点了点头。而余小晚一直抱着自己的手臂，远远地观望着。她眼中的亮光忽然闪了一下。

于是，陈山被关了五天禁闭。张离果然去禁闭室看他了，是偷偷去的。他们隔着一道门说话，陈山说，余小晚知不知道你来。

张离想了想，没有回答，而是说，我从不食言。

陈山就咧开嘴笑了，说，这一点跟我挺像的。

五天后陈山是被二处费正鹏领走的。费正鹏照例穿着一件藏青色的中山装，他在前面走，陈山就在后面跟着。后来到了费正鹏的办公室，他转过身来，沉着一张脸咬着牙说，你有没有想过，你要是出事了，余小晚该怎么办？

陈山不说话，眼睛盯着墙上那把风姿绰约的琵琶。费正鹏说，你要敢再惹事，小心我揍你。

你揍得过我吗？

费正鹏突然拔出手枪，说子弹揍得过你。

陈山笑了，你就不怕被戴老板罚下地狱。

你让余小晚担惊受怕，你才该下地狱。

陈山盯着费正鹏看，一会儿他笑了，说，阎王说了他不敢收我。

费正鹏就无力地把手枪塞进了抽屉里，叹了一口气说，真是个年轻人。

就在这天晚上，在一盏昏黄的路灯下，千田英子交给陈山一把拓好的钥匙。她是趁陈山和周海潮在舞厅打架乱哄哄一片的时候，拓下马三妹身上带着的钥匙的。千田英子把钥匙塞进陈山手心，略微做了一下停留。她轻声说，看来你还不能算是个孤胆英雄，我的身手不比你差。陈山就说，我本来就不是特工，我只是一个"包打听"而已。千田英子后来说，真想早点打下整个中国，这样就可以早些回家。她的妹妹参加了慰问团，大日本妇女会号召她们缝千人针，给来到中国前线作战的勇士们寄慰问袋。千田英子感叹地说，胜利的日子不远了。

他们一路小声地说着话，走到一块冠生园中秋月饼的广告牌下，广告画上嫦娥在月亮中翩翩起舞。千田英子说，你的舞跳得越来越好了，我们跳一支舞。

于是，没有舞曲伴奏地，他们在路灯的光影下跳了一曲朴素的探戈。

如果有一天战争结束了，千田英子望着陈山的眼睛问，你想去日本生活吗？比方说，札幌。那是一个非常美丽的地方。

中国不够大吗？他娘的，中国到处都有酒喝，有姑娘，有钱花，有饭吃。

可是中国会战败。

不会。就算是战败，那也是暂时的。陈山的声音很轻，但是却无比坚定。

然后，就有远处密集但是却细小的雷声，隐隐地滚动过来。接着下了一场雨，让这初春的空气显得无比湿润和清新。在这样的雷声和雨声里，陈山觉得无比宁静。他把脸仰了起来，面对着从天而降的雨阵，轻轻地说，惊蛰就要到了。

这一年的惊蛰，是旧历正月二十，公历三月六日。

陈山回到家的时候，看到余小晚坐在一堆灯光里，她有了一头新鲜的头发。余小晚在老巴黎理发厅用美式火钳夹烫了一个螺旋式的大卷发，甚至染了微微的棕栗色。她的脸色有些红润，她说，你回来了？

陈山答非所问地说，后天就是惊蛰了。

那天，隐隐的雷声从来就没有停过，在天空的云层里滚动着。

余小晚坐在光影里，她一边啃一只小巧的苹果，一边望着擦头发换衣裳的陈山。余小晚一点儿也不了解，作为一名临时特工，陈山需要打这一架。他必须具备戴了绿帽子的男人应有的这种愤怒，当然，也需要用打架来掩护千田英子拓下保险箱钥匙。陈山穿上了干净的衣衫，他边扣衬衫的扣子，边走到余小晚的身边说，你这烫成一颗卷心菜似的头发，是为了欢迎我吗？

余小晚一字一顿地说，肖正国，你以前不敢这样跟我说话。

陈山就笑了，紧盯着余小晚毫不示弱地说，可是我说了。

陈山说完，手里突然多了一把手术刀。这是陈山从余小晚那儿偷拿的。余小晚是外科医生。陈山用刀子在手指头上轻划了一下，一粒鲜红的血珠就冒了出来，像突然开出的花。陈山举着那只手指头说，余小晚，这是我平生第一次发誓。在你没和我离婚前，要是让我知道他碰了你，我一定阉了他。

余小晚咬了一口苹果，好，我又了解了你一点儿。

窗外的雨声越来越大了。

拾肆

　　陈山在第三天早上带着张离出现在荒木惟面前时，他们都穿着雨衣。脱掉雨衣的时候，那些雨水就纷纷掉落在地面上。很快那些地上的雨水像一个包围圈一样，黑黑地把陈山和张离包围在里面。陈山把一只小型的照相机递给了荒木惟。那只照相机是荒木惟为他准备的，现在照相机里的胶卷，一定是拍下了炮群分布图。荒木惟坐在一把摇椅上喝一杯白开水，他盯着陈山身边的张离看着。看得张离有些不好意思。荒木惟低沉的声音响了起来，张，离。我知道你。

　　陈山说，她要同我一起去上海。

　　荒木惟从摇椅上站了起来，走到张离身边，近距离地盯着她的眼睛说，按中国人的说法，这叫私奔。听说你和余小晚是好朋友。

　　张离也望向了荒木惟的眼睛，十分平静地说，中国有句话，叫一个巴掌拍不响。

荒木惟不由得拍起了掌来，说，好。男欢女爱，天经地义。你可以跟陈山走，但是你千万不要后悔。你会成为军统锄杀的目标。你不怕死吗？

张离只是很深地看了陈山一眼，说，如果没有陈山，我现在就已经死了。

荒木惟说，陈山你运气很好。

陈山说，你让我见陈夏。

荒木惟笑了，说不用急。我得看看这高炮群分布图是不是真的。

这天刚好是荒木惟限令拿到炮群分布图的最后期限：第十天，惊蛰。而荒木惟已经让英子买好了第二天的船票，于他而言，陈山的行动成与不成，他都不想再在重庆耗下去了。荒木惟无数次这样说，这鬼天气，我得尽快离开这儿。

你们可以订到大后天的船票。我得带人先走一步。荒木惟说。

那很危险。我们已经暴露，应该让我先走。陈山说。

不，危险恰恰是最考验人的。我对你有信心。如果你避不过军统对你的搜捕，你刚好可以趁机出局。如果你能回到上海，你再问我陈夏的事。

你够无耻的。

不，是卑鄙。

荒木惟一边说一边把照相机递给了身边的千田英子。千田英子按荒木惟的吩咐迅速洗出了照片，然后在最快的时间内，将情报通过电台发送到上海梅机关。在对炮群布防图做了分析和甄别后，日本海军航空部队的战机会从武汉起飞，像蝗虫一样飞往重庆。陈山的耳朵里，仿佛已经在瞬间就灌满了空袭警报短促鸣放的声音，和飞机发动机铺天盖地的轰鸣声。这让他想起了昨天晚上，他用码头上学会的开锁技术进入了机要室，同时用千田英子拓给他的钥匙顺利打开了保险箱，取出了炮群分布图。

距离那个惊心动魄的夜晚仿佛很遥远了。陈山知道自己和张离都不可能回到罗家湾军统局本部，他看着荒木惟带着手下离开那个房间。千田英子向他鞠了一躬说，陈山君，保重。千田英子往后退的时候，很深地看了一眼陈山和张离。她的耳朵里反复灌满了陈山的一句话，陈山说，她要同我一起去上海。千田英子一步步倒退着退向了门口，然后转身快步离开。千田英子的脑海里，胡乱地晃荡着札幌的春天，她本来以为可以带陈山看看那样的春天。她紧咬着嘴唇，脸上慢慢露出了笑容，嘴唇已经在刚才被她用牙生生咬破。

在嘴唇火辣辣的疼痛里，千田英子迅速给陈山有了一个重新的定位。陈山在她的心里，从此以后，只是路人。

现在，所有的人都从这间屋子里消失了，只留下陈山和张离，还有地上的一摊深黑色的水渍，像一张炮群分布图。

拾伍

　　陈山和张离站在甲板上。张离望着慢慢远去的，那个生活了多年的重庆，突然觉得无限地怅惘。她有些依恋罗家湾，也依恋那身当作制服发下来的阴丹士林旗袍。虽然经历了无数次的空袭，但她一直认为重庆是安静的。一会儿，在张离的眼里，重庆就成了一幅越来越小的水墨画。陈山一言不发，他仿佛在替张离感受那种离去时才会弥漫的气息。他想，有天我回忆往事的时候，一定会回想起她今天穿了一件蓝白花色的旗袍。汽笛奄奄一息地低鸣了一声，陈山的手在这时候伸了过去，盖在张离的手上。一会儿，张离的手慢慢退出来，她苍白地笑了笑说，我的手并不冷。

　　张离开始想念远在美国的父母。陈山说，你在想什么？

　　张离就斜了一眼陈山说，余小晚会恨我吗？

　　余小晚如果根本就不爱肖正国，她为什么要恨你。

我觉得她已经知道你不是肖正国。这姑娘有时候会装傻。

那你是不是也会装傻？陈山的嘴角牵起了笑纹。

你猜现在余小晚在干什么？

我不晓得。陈山的目光抬起来，望了望辽阔的水面说，我也不想晓得。

江风阵阵，汽笛又毫无生机地长鸣了一声。陈山带着张离回到了他们的甲等舱，看到船舱里的人都神情木然，连年的炮火让他们都变得有些不知所措。陈山和张离都不知道，余小晚此刻正在家中学厨。她从小到大从来没有做过菜，但这一天她想做一道红烧狮子头。她还想和陈山喝一点儿。所以她做了一桌并不好吃的菜，而且那滚烫的油溅到了她的手上，这让她的手背起了泡。但她不觉得疼。然后她在桌子边坐了下来，打开一瓶酒，一个人仰着脖喝起来。她对着面前的那个空了的位置说，鞋匠，干杯。那天费正鹏来了，他站在门口忧心忡忡地望着余小晚。后来他坐了下来，他替余小晚喝掉了不少的酒。最后他说，孩子，他并不是肖正国。

他是不是肖正国，我才不在乎呢。余小晚喝了一口酒，漫不经心地说。

你要真不在乎，那我就放心了。费正鹏说。

可是我在乎鞋匠。我好像是爱上他了。余小晚说完，眼泪就滚落下来。

那天，余小晚紧紧地靠在了费正鹏的怀里，费正鹏轻轻拍着她的后背说，你要学会面对。不是你的，就永远都不是你的。

我能叫你爸爸吗？

我一直就把你当成是女儿。费正鹏这样说着，他的脑子里浮起了庄秋水的样貌。他的眼角突然有些潮了，眼前浮起抱着琵琶的庄秋水朝他笑了一下的样子。庄秋水很苏州风味地在一张绣凳上坐下来，拨弄了一下琴弦，费正鹏就像又回到了从前。

拾陆

　　短促的三分钟警报终于在费正鹏的预料中响起，巨大的红灯笼再次亮了出来。又一轮的轰炸声过后，重庆高炮群也随之被摧毁。《新华日报》《中央日报》《扫荡报》《国民公报》等重庆的报纸铺天盖地都是陈山和张离的消息——"日本特务窃取重大情报后携情妇潜逃，军统誓言锄杀雌雄汉奸！"的标题赫然亮相在《新蜀报》的头版。陈山假冒肖正国的身份也随即被揭穿。在办公室里，余小晚用自己的手术刀在手掌上轻轻划了一下，一条血痕顿时现了出来。然后她把手放在一盆热水中，血水随即像一缕红色的烟一样，在水里袅娜升腾。余小晚觉得一点儿也不痛。

　　余小晚对着那盆血水说，鞋匠，你可以负人，但你不能卖掉国家！

　　余小晚说完这话，就觉得整个人都无比空旷，像是被掏空了似的。她的恍惚在于她知道再也没有什么会失去了。她想到自己几个月前死去的父亲的时候，眼泪终于流了下来。她有一种想和父亲说话的冲动。余小晚走进书房，拿出父亲留给她的派克钢笔，在信纸上书写起来。不远处房间里陈山用过的被铺，仍然叠得整整齐齐地堆放在一角。余小晚写着写着，像是要说尽一生的话。一会儿钢笔没有了墨水，余小晚打开笔套想吸点墨水，却发现笔套里藏着一卷纸，上面密密麻麻写满了字。原来父亲是一名共产党员，他很有可能是被一名叫"骆驼"的内奸暗害的。同时余父还留了一句暗号：人走了还有谁记得？四万万同胞记得。纸条上说，要是谁能对上这句暗号，谁就是可以信赖的人。

　　这句立场明显的暗号，让余小晚想起了父亲经常朗诵的写给她的那首《致女儿书》："我不愿失去每一寸泥土，哪怕是泥土之上的每一粒灰尘……"

　　这个晚上，周海潮在门外等了一夜，余小晚一直都没有给他开门。周海潮一共敲了五次门，但是余小晚显得像是聋了一样，她什么也没有听到。一直到早晨，阳光明晃晃的，光线均匀地洒进了窗户。余小晚揉了揉麻木的脸，打开门，看到周海潮和他手中捧着的一只铝饭盒，那里面装着她爱吃的"涨秋西餐厅"的面包。望着一脸疲惫的周海潮，余小晚于心不忍地伸出手去，用两根手指头捏了一片面包来吃。余小晚一边吃面包，一边突然觉得，自己好像不那么喜欢周海潮了。余小晚在吃完面包以后，拍拍手掌上的面包屑朝周海潮笑了一下说，以后我可能要开始忙起来了。

周海潮说，你什么意思。

余小晚说，我的意思是你也可以忙你的了。

拾柒

　　船在十六铺客运码头靠岸的时候，天刚蒙蒙亮。走出船舱的时候陈山觉得上海初春的清晨是有些冷的。经过火车、汽车，再转到轮船的长途奔波，陈山终于带着张离来到了上海。准备下船走向舷梯的时候，陈山郑重地抬了一下手臂。张离愣了一下，随即抿着嘴挽住了陈山的胳膊。初到上海的相视一笑以后，他们必须像一对真正的爱人那样，走向来接船的梅机关里的华人特工，走向不知深浅的无底深渊。那天是有些微的风的，陈山看到张离的头发一直被风吹得摇摆不定，这使得她不得不一次次用手整理头发。陈山就笑了说，我没说错。我还是觉得你留长发好看。

　　走下舷梯的时候，有那么一刻，张离恍惚觉得身边的这个人就是钱时英。她当年挽着钱时英的胳膊，走在北平大街的雪地里，歪歪扭扭留下一串脚印。钱时英的臂弯同样有力，充满着一种坚定的味道。那时候天气寒冷，但是快步行走的他们浑身充满着热气，那雪花却灌进了他们的脖颈，阵阵凉意让张离觉得无比畅快。所以，她会在雪地里用双手拢成一个喇叭，大声地呼喊，钱，时，英。钱时英就站在雪地里笑，他是一个敦稳的年轻人，没有太多起伏的悲喜。码头嘈杂的声音里，张离努力把思维从回忆中拉回来。她看到陈山抬起了头。陈山在舷梯下的人群中一眼看到了荒木惟。他戴着一副墨镜，脖子下面露出洁白的衬衣领子，脸上露出了笑容。陈山感受不到荒木惟镜片后的目光，他心底不由得再次升起了一股寒意。

陈山走向了荒木惟。他仍然保持着左手拎皮箱的习惯。站在荒木惟面前的时候，荒木惟说，上海欢迎你。从现在开始，你从肖科长改为陈组长。梅机关特务科第一行动组组长。而陈山第一句话却是，现在可以让我见到陈夏了吧？

荒木惟拍了拍陈山的肩，露出很淡的笑容，说，你和见她之间，还有五次电话的距离。

又说，我亲自来接你，你最好对我客气点。

陈山就不再说话。他抬起头看着十六铺码头的天空，那天的阳光明亮得一塌糊涂，客船在阳光下发出一种令人晕眩的不太真实的光辉。热闹的人群和蒸腾的水汽，让陈山觉得这个画面显得不太真实，仿佛走进了另一个陌生的世界。

拾捌

在梅花堂荒木惟的办公室里，陈山终于听到了陈夏的声音。陈夏说，小哥哥。陈山手中的话筒里灌满了风的气息，仿佛陈夏那边是一个对面的春天。遥远，而又像是近在眼前。陈山问陈夏在哪儿，陈夏在电话那边沉默了片刻说，我不好同你讲的。小哥哥，你等我。

除此外，陈山从话筒里传来的声音中捕捉不到任何信息。

陈夏说，你在荒木先生的办公室里。

你怎么知道？

我听到了鱼缸里水的声音。荒木先生喜欢养鱼。

最后陈山把话筒放回了电话机上。荒木惟一直站在天皇的画像前，反背着双手，虔诚地和墙上的天皇对视着。他其实已经很清晰地听到了陈夏在电话里说了什么，所以当他转过身来的时候，微笑着说，我来告诉你吧，你妹妹在日本。她回来的日程，应该是天皇陛下的生日以后。

这和天皇生日有关系吗？陈山问。

当然有关系，你妹妹会为天皇效劳的。天皇陛下的生日，是1901年4月29日。那是一个伟大国家的节日，叫作天长节。

傍晚的时候，陈山离开梅花堂走在了上海的大马路上。他突然觉得在重庆逗留的短短的时间，让他像是从客居他乡回到故乡。此时此刻，这个国家正全身长满了伤口，他就在这样的伤口中进进出出。然后他走向了宝珠弄，走到了自己家门口。在一张躺椅上，陈山看到了盖着一床棉被晒太阳的父亲。他睡着了，灰白的头发耷拉着，像一个苍凉的孤儿。陈山就安静地站在父亲陈金旺的面前，他想起了十六岁那年，自己背着妹妹去码头找陈金旺。他被一块断砖绊了一下，所以他一个趔趄把妹妹摔得老远。陈金旺举起了一根棍子，重重地砸在自己瘦骨嶙峋的背上。他觉得自己仿佛是被父亲敲成了两半，剧烈的疼痛让他直不起腰来。现在陈山开始无比怀念十六岁的疼痛，那种怀念让他没有勇气面对现在这个柔弱得像一根稻草的老人。陈山掏出手帕，认真而细心地替陈金旺擦去了嘴角的口水。这时候，陈金旺醒了过来，他已经不认得陈山，所以他眯着一双浑浊的眼睛，口齿不清地问，侬寻啥人？

陈山说，我寻陈山。

陈金旺说，陈山是啥人？

那你知道陈河是啥人吗？

陈河是我大儿子啊。

那你知道陈夏是谁吗？

那是我女儿呀。

陈山的心中就涌起一阵井水一样的悲凉。他又在陈金旺的面前站了一会儿，春天的风掠过他的眼睛，让他的眼睛干涩而肿胀。他点着了一支烟，猛地吸了一口，然后把烟送到陈金旺的嘴边。钻在被窝里的陈金旺露出一个头，像是一只在洞口探头探脑的青蛙。他叼住烟，慢吞吞地吸着。陈山转身离去了，走出几步路后，陈金旺的声音突然从后面跟了上来，他说哈哈，我想起来了，你是弄堂口的李阿大吧。阿大，我想吃你摊上的生煎。

陈山的鼻子突然就酸了，他看到弄堂里的一盏路灯亮了起来。黑夜正式来临了。

陈山居然在弄堂的拐角撞见了哥哥陈河的身影。陈河的脚边是一只皮箱，不远处弄堂口的电话亭边上，停着一辆福特轿车。陈山就盯着陌生而熟悉的陈河看，陈河穿了一件西装，头发梳得一丝不乱，很有派头的样子。后来陈山笑了一下说，真没想到，原来你还活着。

陈河说，我来看爸爸。

陈山一拳挥了过去，重重地打在陈河的鼻梁上。陈河的鼻血随即挂了下来，但是他没有用手去擦，而是笑了，说，你打我一拳好的，我心里会好过一些。

陈山说，有家不回，你怎么对得起老东西。

陈河说，我写信讲，我们学校搬到了昆明……

陈山说，你就是搬到了太阳上，你也还是陈金旺的儿子。

那天唐曼晴从福特车上下来。她叼着一根细长的烟，穿着一身紫色绒布旗袍，脖子上挂着一条狐狸皮围巾。她迈着细碎而从容的步子走过来，看上去那只狐狸就在她的肩上一耸一耸的。唐曼晴走到陈山面前，挡在了陈山和陈河的中间，用一双丹凤眼盯着陈山看。陈山笑了，他伸出手去小心地替唐曼晴捉去狐狸皮上的一根头发，然后说，你怎么把自己的皮围到脖子上去了。

唐曼晴掏出一盒火柴亮着了烟。她竟然是没有打火机的。她挥了挥手中的火柴，将那团小火焰给挥灭了。什么话也没有说，她就那样吐出一口烟来，双手环抱着自己，逼视着陈山。

陈河说，曼晴！

唐曼晴仍然没有说话。陈山却说了，你怎么勾搭上这个婊子的，她欠我两根肋骨。

唐曼晴喷出的烟雾，在弄堂的路灯底下升腾了很久，长时间地没有散去。这让陈山有一种生活在仙境的错觉。最后唐曼晴把烟蒂在墙上揿灭了，那些细小的火光星星点点地往地上掉。唐曼晴一把捉住了陈河的手腕，只说了一个字：走！

唐曼晴拉着陈河的手腕匆匆离开。婊子。陈山一边骂，他的肋骨也不由自主地疼痛了一下。他觉得他在唐曼晴面前没有一点儿力气。他更喜欢荒木惟。

拾玖

在同仁医院，梁医生告诉陈山和张离，陈金旺的头部受过一次重伤，并且昏睡了至少三天以上。现在他的记忆是缺失的，就像是被人挖走了一样。陈山就知道，在他们三兄妹相继离开上海的日脚里，父亲一定遭遇过什么。在他每天长时间的昏睡中，甚至削弱了对儿女们的记忆。陈山在一个有些凉意的下着小雨的清晨接父亲从同仁医院出院，在宝珠弄弄堂口的李阿大生煎摊，他请父亲吃了一回生煎。潮湿的风一阵阵吹来，陈山突然觉得父亲畏畏缩缩的像极了一个小孩儿。他坐在雨棚底下，紧张地四下观望着，又紧张地盯着生煎，生怕那些生煎被陈山偷吃掉了。

为陈山接风的舞会安排在米高梅。陈山告诉张离，台上那个搔首弄姿的就是米高梅最红的歌舞红星唐曼晴，一个十足的女汉奸。每次阴雨天或者是看到这个婊子的时候，陈山的肋骨就会隐隐作痛。日本宪兵队本部特高课长麻田显然对唐曼晴的歌声很陶醉，从他眯成一条缝的鳄鱼眼里，陈山看到了一个日本老男人高涨的欲望。

陈山笑了。他对张离认真地说，当汉奸的是不是都有一个请当红婊子跳舞的梦想？

张离并不喜欢陈山用这种轻佻的语气来评价一个女人，她的脸上没有笑容。她说，你的骨头有点儿轻！

但是陈山仍然果断地拉着张离迎向了唐曼晴，这时候唐曼晴正带着陈河和几名日本人谈得正欢，唐曼晴的日语讲得比日本人还好。她的笑容慢慢收了起来，看到了阴着一张脸的陈山和陈山身边不知所措的张离。陈山说，真巧，世界那么小，小到只有米高梅那么大。

张离的目光落在了陈河的身上，在巨大的震惊中她发现这个和日本人聊得正欢的男人，就是她牺牲在围剿战场上的未婚夫钱时英。张离努力地让自己脸上的表情平静下来，装作什么也没有发生，而且她紧紧地挽住了陈山的手。钱时英却像根本不认识她似的，彬彬有礼地向她弯了弯腰，这让张离怀疑自己是不是看错了人。而荒木惟在整个舞会中，安静得像一个哑巴。他坐在东南角的角落里，抽那种叫蒙特克里斯托的雪茄。他一直都被浓烈的烟雾笼罩着，远远看去，几乎看不清他的脸。除了不时地举杯向麻田长官致敬以外，绝大部分时间他选择了沉默。

那天陈山从陈河，也就是现在的大药材商人钱时英手里半请半抢了唐曼晴。唐曼晴从钱时英的目光中，读懂了钱时英的意思。她没有拒绝陈山，和陈山在舞池里转着圈。陈山的思绪也在转着圈，哥哥为什么被日本人叫作钱时英？他怎么和唐曼晴还有日本人走得那么近？他的身份到底是什么？音乐停止的时候，唐曼晴说，你跳得很好。

唐曼晴又说，比时英好多了，但是你的舞练了没多久。不会超过半年。

陈山心中暗暗叫好，说你的眼睛很毒。

唐曼晴笑了，说，我还能看到你骨头里面的自卑。你不要对时英不服气。你和他没得比。

那天，陈山还是在张离极力要稳住的舞步中，捕捉到了她稍纵即逝的一丝慌乱。张离把头靠在陈山的肩膀上，微笑着咽下了眼眶里的那点激动。陈山轻拍张离的后脑勺，他感受到了张离身体的微颤。而其实在刚见到陈河时，张离紧紧挽住了陈山的手臂。她的微颤准确无误地传达给了陈山。陈山什么也没有说，他觉得自己越来越像一名特工了。

荒木惟就坐在一片灯光暗淡的角落里，雪茄抽动时一闪一闪的猩红而热烈的火光会在某一个瞬间照亮他冷峻的脸庞。舞池中每一个人的表情，都别想逃开他的眼睛。他仔细回想着舞会上众人的反应，直觉告诉他，今天的舞会暗流涌动。他决定要试探一下陈山。

而张离这个跟着陈山投奔上海的情妇，也令他暗中生疑。

舞会结束的时候，唐曼晴婉拒了麻田长官的邀请，在霞飞路培恩公寓自己家中给钱时英拔火罐。唐曼晴出奇的安静，她不作声，她不晓得此时的钱时英正无数遍地回想着刚刚相见的张离。

是小赤佬让你生气了？唐曼晴终于忍不住了，一边起罐一边说。

他不是小赤佬。我不许你这样叫他。钱时英说，他交关聪明的，我们三兄妹中，他顶聪明。

唐曼晴把一块热毛巾搭在了钱时英的后背，说，对不起。

唐曼晴最后说，你血瘀很厉害。全紫了。

趴在牛皮沙发上的钱时英很久都不作声，他把头埋在沙发中，仿佛陷入了很深的回忆。后来他起身，穿上了衬衣，然后坐在沙发上。半晌他才说，我爹对他并不好。

那天晚上，唐曼晴说，这么晚了，你留下吧。

钱时英还是没有说话。唐曼晴一会儿又点了一支烟，狠狠地吸几口，又在烟缸里摁灭了，说了两个字，你走！

贰拾

　　第二天早上，陈山在梅机关见到了荒木惟，他正在弹琴。陈山在那张墨绿色的西洋皮靠椅上坐下来，他欣赏着荒木惟的琴声。荒木惟没有回头，他只是随意地问了一些问题。在荒木惟不紧不慢的提问中，一阵困意袭来，陈山渐渐失去了意识。陈山不知道荒木惟想通过催眠的方式探探他的虚实。一个遥远的声音，好像是从云层里掉下来的，在和他不停地说着话。他觉得自己的身体松了，整个人就像在梦境中，头也越来越沉，仿佛随时都可能掉落到地上。有一个声音一直在告诉自己，不能睡着。他的手指头摸索着，终于摸到了一排加固皮靠椅的圆帽钉。

　　一个虚无缥缈的声音在不停地问自己，你在重庆做了什么？

　　在荒木惟的问话中，陈山看到了辽阔的画面在自己的脑海里慢慢拉开了沉重的幕布。一道白光亮起，他看到了自己正在军统第二处机要室用千田英子给他拓的钥匙，打开保险柜，取出了那张高射炮部队炮群布防图。他的脸上浮起了笑容，觉得他和妹妹陈夏之间的距离越来越近了。这时候他的脑袋被一把枪顶住，他无奈地举起了双手。一只手伸过来，把他手中的布防图取走。然后费正鹏的声音响了起来，我们只是守株待兔。

费正鹏说，你第一次在我面前抽烟被呛着的时候，我就知道你是装的。你根本就不是肖正国。

费正鹏又说，这一着，就叫诱杀。

陈山脑海里浮动着的画面，像河里的水草在太阳光的映照下不停地飘摇着。他张了张嘴，发出了啊的声音。这时候荒木惟已经离开了钢琴，他正站在陈山的面前，双手撑在椅架上，微笑地近距离看着他，如同一位慈爱的兄长。荒木惟的声音又响了起来，你刚才想到什么了？你说。

陈山觉得自己很心慌，于是他命令自己，把指甲硬生生地往圆帽钉里剥。就在他快完全被催眠的时候，剧烈的疼痛从手指头开始向大脑传达。他像一个在水中快被淹死的人，努力地想要睁开眼，终于他被疼痛叫醒了。他睁开眼，眼神迷离地望着在他面前晃动的那个人影，说，我刚才怎么睡着了。

那天中午，在梅花堂院子里的阳光底下，面对陈山再次提出要见妹妹陈夏的要求，荒木惟淡淡地说，不要急。离你们相见，还有3次电话的距离。到时候我会还你一个天使一样的妹妹。那天荒木惟开始穿夏装，他仿佛并不怕倒春寒，所以他穿的是一件雪白的衬衣。这样的白，晃了陈山的眼。后来陈山走出了荒木惟的办公室，缓慢地走在了走廊上，像一个生病的人。

在陈山的脚步声里，重庆的细节重又浮了起来。费正鹏收起了顶在陈山脑袋上的枪，在与陈山的一次长谈之后，费正鹏和处长关永山请示了军统的最高机构甲室。然后费正鹏用陈山的相机，拍下了假的布防图。费正鹏说上峰已经安排好了，我们设置了假得可以乱真的炮群隐蔽阵地，日本航空部队得到情报轰炸这个假布防以后，荒木惟会相信你的情报属实。那时候你就必须开始反潜伏日本特务机关，你和张离合用一个代号：闪电。我们需要最机密的情报。不然的话，我们在上海的飓风队会对付你。这事为高度机密，你，我，张离，还有甲室中一名高级长官知道。所以，你在军统局本部机关的人们心里，就是一个逃离重庆的日本特务。

张离作为军统人员，被甲室秘密派遣去协助陈山。一个汉奸带着一个情妇，偷了情报回到上海，看上去多么合乎情理。而他们都不知道，费正鹏在送别张离和陈山上路，把船票交到他们手上的时候，回想起医院病房的一幕——那时候张离和陈山都昏迷着，他分明看到了张离包里露出一只角的那封检举陈山的匿名信，但他不动声色地把那张折叠起来的信纸塞回了张离的包。

贰拾壹

　　陈山和张离站在"刘芬芳牙科诊所"的门口，大门紧闭着，房东愤怒地告诉陈山，刘芬芳大概是神经搭牢了，他已经很久没有见到过芬芳拔牙了。房东一直叫他芬芳拔牙。他说芬芳拔牙的租金都欠了两个月了。陈山和张离又去了转运楼赌馆，在赌馆门口发现了蹲在地上嗑瓜子的宋大皮鞋和菜刀。他们是来替人收赌债的。两个人先是呆愣愣地停止了嗑瓜子，相互对视了一眼，然后直起身子，一起向陈山扑来。他们一把抱住了陈山，不停地拍打着，说你个瘪三，你还有脸来见兄弟们？

　　陈山笑了，说册那，我就是不要脸了。

　　那天晚上，宋大皮鞋和菜刀还有一帮以前在码头上混过的兄弟，开了一桌为陈山接风。张离深深陷入了一片喧嚣之中。这群人喝疯了，一疯就差不多喝醉了，于是就扯着嗓门儿大声地吼：朝天一炷香，就是同爹娘。有肉有饭有老酒，敢滚刀板敢上墙。张离看得笑了，也举杯喝了酒。她也想起了她的爹娘，爹娘在美国，像永远生活在她梦中那么遥远。

每个人都喝得东倒西歪的时候，陈山在账房这儿结了账付了钞票。然后陈山回到了座席说，晓得她是谁吗？给我一起喊嫂子，连喊三声。

宋大皮鞋等人就哈下腰去高声喊起来：嫂子，嫂子，嫂子。

陈山掏出一沓钱，拍在桌面上，说，都收好了，买酒喝，买烟抽，是嫂子给你们的见面礼。

宋大皮鞋和菜刀都愣了，大家都在抢钱的时候，宋大皮鞋说，你这是想干吗？

陈山说，我要找到刘芬芳。

据说刘芬芳去了重庆，据说是想要考军统。他有一个狂热的要当特工的梦想，他想要有两把手枪，这样可以插在他的左腰和右腰，并且左右开弓。他在上海消失已经两个多月了，像是蒸发了一样。这些都是宋大皮鞋告诉陈山的。宋大皮鞋说，你找他做啥西？

我欠他钱。欠钱不还，不是男人。陈山叼着牙签说，所以你们得帮我找到他。

那天散了场子的时候，宋大皮鞋和菜刀把陈山、张离送到很远的路口。在一盏路灯下，宋大皮鞋拉住陈山说，我们都是宝珠弄里长大的人，有福同享，有难同当。菜刀说，我们要跟你混。我们跟着你主要是也想享福去。

陈山就说，要真有难的时候，你们俩一个比一个跑得快。

宋大皮鞋真诚地说，我对天发誓，有难的时候，一定让你先跑。

陈山带着一身酒气回到家的时候，突然抱住了张离，并且高高举起。张离像一只就要被风吹起的风筝一样，突然双脚离地贴在了墙上。张离说，放我下来！

陈山不怀好意地笑了，说，你老实地同我讲，我的兄弟们有一个请求，你真愿意给他们当嫂子吗?

我比他们的大哥还大三岁。

女大三抱金砖。他们的大哥说了，要把金砖全送给你。

这时候张离笑了一下，她突然觉得，自己和陈山在一起的时候是开心而妥帖的。但是她又突然想到了钱时英，她的笑容就慢慢地收了起来。她捋了一下头发，看着陈山说，日本人一天留在中国，我就一天不想讨论这个话题。

贰拾贰

张离作为陈山与重庆的联络人，按照指示，去棋盘街的维文书店接头。那天她戴了一顶呢绒的宽边帽子，在书店里翻了一会儿书。这时候一个穿青灰色长衫的男人慢慢地踱了过来，张离转眼一看，费正鹏正对着她笑。张离脸上掠过了一丝惊喜，但仍然用接头暗号说，有没有张恨水的《秦淮世家》。费正鹏说，对不起，卖完了。张离说，那有什么新书可以推荐。费正鹏说，张恨水的《金粉世家》倒还有少量存货。你跟我来。

张离跟费正鹏去了经理室。望着费正鹏的背影，她认为费正鹏确实是适合穿长衫的。他的身材高而匀称，没有五十岁上下的那种男人常有的臃肿。经理室的墙上，仍然挂着一尘不染的一把琵琶。费正鹏在一张藤椅上坐下来，告诉张离，因为肖正国是假的，所以甲室一直责令第五处，也就是司法处追查，查到周海潮的心里直发慌。终于甲室怀疑是周海潮枪杀了肖正国，所以周海潮趁没有被逮捕之前，已经从重庆叛逃上海。甲室向第三处，也就是行动处下达了锄杀令。具体任务由第三处上海飓风队执行。

费正鹏还告诉张离，余小晚可能也来上海了。局本部第二处在重庆四处寻找她，但她已经像水蒸气一样消失了。我猜她是想找陈山算清旧账，她这人一是一二是二。我很担心她。

张离一直想要说些什么，但她最后什么也没有说。费正鹏温和地说，你要对她宽容一些，她不知道你这是秘密任务。她还不懂事。随即费正鹏又正式地说，记住，你和陈山只是工作关系，你一定要处理好。

费正鹏是作为张离和陈山的单线上级，空降上海负责陈山张离和重庆之间的联系。其实他并不知道上海军统的据点和所有的联系方式，所以他就像湖边一个孤独的垂钓者，努力地想要在上海滩钓起一些什么。这天费正鹏在张离离开书店前，给了张离一粒象棋，上面是一个"炮"字。

你把这个给陈山，告诉他，诱杀非常重要。费正鹏认真地说。张离看到费正鹏卷起长衫的袖口，青白相衬，很干净的样子。费正鹏愣了一下，说，你想说啥。

张离笑了，说，你穿长衫很合适。

同样的，按照中共地下党组织的安排，张离要去乔家栅路上的怀仁药店和新的上线"观音"联系。在浓重却又清新的药品气息中，她被伙计带到了地下的一间暗室。从黑暗之中闪出了一个男人，像是从墙里面突然蹦出来似的，吓了张离一跳。他是钱时英，看上去略微有点儿憔悴，胡子也没有刮。张离和钱时英热切地对望着。张离说，请问，回老家的船票能买到吗？

买不到，只能一步步走回去了。

往南还是往北。

不，往东。

暗号对完以后，仍然是长时间的沉默，最后两个人紧紧地拥抱在一起，张离的眼泪流了下来。钱时英轻轻地拍着张离的后背，他在张离的耳边说，陈山是我的阿弟。

张离说我猜到一半。现在他负有军统给他的使命。他不是汉奸。

如果对我们的工作有利，可以争取过来。钱时英说。

那天钱时英说了自己三年多来的经历，他九死一生，围剿战场上被人误传了死讯，同时他没有办法联系上张离。就在张离离开怀仁药店的时候，钱时英再一次抱紧了张离，仿佛张离是一只脱了线的风筝会突然飞走似的。一定要照顾好我的阿弟，钱时英说，替我们陈家。

很久以后，张离轻轻地推开了钱时英。她一直在想，陈山现在在做什么？

钱时英后来笑了，说，我晓得你肯定会照顾好我阿弟的。

从怀仁药店出来，拐进一条小街的时候，张离发现有两名特务模样的人，像影子一样紧紧地黏着她。这让张离暗暗吃惊，就在张离被人拦下，将要被套上头套的时候，陈山突然出现了。陈山把那两名特务都踹翻在地，然后他把枪顶在了一名特务的头上。那名特务一直在不停地颤抖着，陈山把那人的帽子摘了下来说，刘芬芳，想找死容易，我可以走火。

刘芬芳像见到了救星一样，两眼发出光来。他说，你这个大骗子。

那天陈山终于晓得，刘芬芳被一个叫潮哥的人收买了，任务是替他紧盯着张离，并要求他带走张离。陈山凭着刘芬芳的描述，知道那个人可能就是周海潮。陈山就说，刘芬芳，看来你真是个煮不烂的猪头。

张离告诉陈山，费正鹏的消息说，周海潮就在上海，正被军统飓风队的人追查和锄杀。因为他杀了肖正国，但是这些余小晚是不晓得的。

陈山就问刘芬芳，你的潮哥住哪儿？

刘芬芳不停地摇着头说，他没有告诉我住哪儿，只让我负责把这位小姐带走。他会找我。

在刘芬芳的身上，陈山搜出了几张张离的照片。陈山的目光匆匆掠闪着，在不远处的几个街角搜寻，他认为，周海潮一定已经看到了刚才发生的一切。他已经不会再露脸了。

晚上，张离和陈山躺在两个各不相干的被筒里，他们各睁着一双鸟亮的眼睛，在黑暗中说话。张离说，你跟踪我。

陈山沉默了一会儿说，你很危险。你不仅是军统人员，你还是共产党。今天你连续接了两次头。

张离说，你想怎么做？向军统告发我，还是把我扭送到日本人那儿？

陈山：你晓得的。都不会。

张离：既然不会，你为什么要跟踪我。

陈山：那不是在跟踪。

那是什么？

是在担心你。

黑暗之中，两个人又有了长时间的不说话，他们黑亮的眼睛都望着天花板。张离后来说，我不瞒你了，我希望你站到共产党这一边来。陈山说，对我来说，什么党都是一样的。我只要我妹妹的安全。党有两个，但妹妹只有一个。

张离说，你很自私。

陈山说，人本来就是自私的。你也一样。

张离听了陈山的话，有些激动起来。她猛地坐直了身子说，为了不当亡国奴，我可以离开上海，离开美国，现在又离开重庆。我离开父母亲人和安全的生活，离开我喜欢的人。我的名字叫张离，大概是命中注定会一次次离散，甚至是离开这个世界。你说我自私？

别激动。你说离开你喜欢的人？陈山平静地说，那你喜欢的人是谁？

　　我没有义务告诉你。张离的语气仍然没有缓和下来，她心中没有说出的话是，尽管我也在爱着你。

　　沉默了许久，陈山终于说，好吧，我守口如瓶。

贰拾叁

第二天清晨，刘芬芳贼头贼脑地出现在梅机关不远处的一条街口。他来投奔陈山，一直在等着陈山的出现。陈山从院子里晃荡着朝这边走过来的时候，他兴奋地迎上去，口齿不清地告诉陈山，刘芬芳牙科诊所已经盘给一个姓余的牙医了。他拿出一沓钞票对陈山说，这是我的活动经费，我们当特务的，不能拖泥带水。

你就不怕当汉奸名声难听？陈山问。

你不也是汉奸吗？你都不怕我为什么要怕。刘芬芳说。

你那潮哥后来有没有找过你。

刘芬芳说，没有。我估计他知道我是你的人，不敢再找我。

你很快就能见到他了。陈山说，走，我带你去见荒木惟。

那天，宋大皮鞋和菜刀接到了刘芬芳代替陈山下达的指令，发动所有"包打听"，在上海滩寻找一个叫潮哥的人。刘芬芳很积极，他发号施令的样子有些夸张，说，给我挖地三尺，把黄浦江的水抽干，也要把姓潮的给老子找出来。册那，我用钳子把他的牙齿全部拔光。

余小晚就走在那条狭长的弄堂里。她有点儿喜欢上了上海。在一幢叫同福里的石库门，她租到了一间小开间的屋子。看样子她是想在上海长住了，所以她还找到了一份工作，凭着自己的行医执照，她进了万航渡路的同仁医院当一名外科医生。现在她是一个话不多的女人，脖子上永远挂着一串珍珠项链。余小晚已经不是重庆的余小晚了，有时候她会穿着棉布旗袍，走在长长的弄堂里。她突然不喜欢跳舞了。她觉得跳舞简直就是一种犯罪。但她依然喜欢吃苹果，还喜欢吃青菜和茨菇炖肉。她的生活简单得像一杯白开水。

余小晚请一个"包打听"查到了陈山的一切。她晓得了陈山有一个叫陈金旺的爹、一个阿哥一个妹妹。阿哥妹妹都不晓得去哪儿了。于是余小晚选择一个黄昏，在宝珠弄见到了已经十分虚弱的陈金旺。脑部的伤让陈金旺控制不住地流口水，他不停地颤抖着。看到余小晚的时候，他咧开嘴笑了，用浓重的上海口音说，生煎。

那天余小晚从弄堂口李阿大的生煎摊上买来了热辣油亮的生煎。她看着陈金旺把生煎的汤水给咬出来，那油亮的汤水就顺着陈金旺的下巴往下流。她的心中就涌起了连绵不绝的悲凉，于是她不停地用一块干净的手帕替陈金旺擦口水。陈金旺会傻笑一声，他对着余小晚说，小夏。

余小晚就知道，这个小夏可能就是陈山的妹妹。

除了通过陈金旺找到陈山，余小晚还要寻找的是突然被局本部派出执行任务的费正鹏的下落。她要把父亲钢笔套里的事，一一向费正鹏求证。

于是余小晚几乎每天都会出现在陈金旺面前。她去照顾他，帮他汰衣裳。他们很像是一对患难与共的父女，在一起热火朝天地吃饭。陈金旺会时不时地朝余小晚傻笑一下，他说，小夏，你要多吃一点儿。

他果然把余小晚当成了陈夏。

然后是一个落雨的黄昏，张离和陈山一起撑着一把黑色的雨伞出现在陈金旺的家门口。他们惊讶地看到了和陈金旺一起吃晚饭的余小晚。余小晚嘴里刚好塞着一口饭，她一边细细地咀嚼着，一边紧紧地盯着张离，然后慢慢解下了脖子上那串项链。那串珍珠项链是她和张离一起在重庆逛街时，因为带的钱不够而共同买下的。穿项链的麻线被余小晚用剪刀剪断了，一粒粒珍珠就像落雨一样落在了地上。余小晚俯下身，一颗一颗地捡起来，塞到张离手里说，这是你的。又数出来一些说，这是我的。从此以后，你是你我是我。余小晚数到最后，却多出来一颗。余小晚拿起菜刀，用刀身把珍珠给拍碎了。

张离的心里很难过，一阵一阵地翻江倒海。张离说，你这样子要是被余伯父晓得了，他得有多伤心？余小晚冷笑了一声说，人走了还有谁记得。张离一愣。余小晚重复了一声，人走了还有谁会记得。张离说，四万万同胞记得。

余小晚把差点儿溢出的泪水憋在了眼眶里，她到底还是信对了人。余小晚取出那支黑色派克钢笔交到了张离手里说，我父亲是被一个叫"骆驼"的叛徒害的。而张离也告诉她，军统甲室已经查明，肖正国就是周海潮杀的。这天晚上张离同她说起了延安，告诉她那是一个安全而且阳光明媚的地方。余小晚拒绝了张离将她送到延安的建议，她说，上海也不会永远都是阴霾的。

陈山一直在听张离和余小晚的谈话，当余小晚把目光终于投到他身上的时候，陈山一本正经地说，上海欢迎你。

余小晚的脸就沉了下来，说，别给我油腔滑调的。

陈山牵了牵嘴角笑了，他掏出一包司令牌香烟，点了一支说，其实我是会抽烟的。我叫陈山。

我早就知道了。你就算化成灰，我也知道你是陈山。

陈山又看了桌子上的几碟菜说，你都学会做菜了？

余小晚说，做菜谁都能学会，关键看她想不想学。

陈山：如果你碰到周海潮，你得小心，重庆的人都在找他。

余小晚：周海潮是谁？我不认识。

那天晚上，余小晚和张离、陈山一起离开了宝珠弄，他们走在初夏的上海街头。余小晚突然变得不怎么爱说话，她心里是希望陈山同她走在一起的，但是现在的陈山并不是肖正国，和她没有什么关系。路灯把他们的影子拉得很长，这些影子在不停地交叠与分离。影子们后来在一个十字路口分开了，他们有点儿生疏和礼貌地告别。走出一长段路后，余小晚站住了，她回转身，远远地看着张离和陈山远去的背影，心里涌起了一阵阵的酸楚。她不晓得陈山和张离，到底是假戏还是真情。

第二天张离就去了怀仁药店，照例在暗室昏暗的光线里，她把余顺年钢笔套里那张纸条记载的内容告诉了钱时英。在军统潜伏着我党的一颗棋子"骆驼"，原来是余小晚父亲余顺年发展起来的党员，一直由余顺年单线联系。自从余顺年牺牲后，就失去了联络。钱时英下达指令，保护好余小晚。现在急切需要知道的是，这颗丢失的棋子"骆驼"究竟是谁？

贰拾肆

在唐曼晴的牵线下，钱时英和日本人的药品生意越做越大。唐曼晴和日本宪兵队本部特高课长麻田以及梅机关特务科科长荒木惟都很熟。他们经常在一起吃茶，仿佛吃茶是一件比吃饭更重要的事。荒木惟有意无意地询问钱时英在上海的情况，这让唐曼晴很反感。唐曼晴说，你对钱时英有兴趣？荒木惟说，唐小姐，你说起这个中国男人眼睛会发光，这不是好事。

钱时英每个礼拜天都会带唐曼晴到西郊马场骑马。马场的周经理和钱时英很熟，他总是亲自伺候钱时英认养的那匹叫忠厚的马。唐曼晴说钱时英给马取忠厚的名字真是土气，但她说土气的时候总是很欢喜的样子。这天黄昏，他们牵着马走向黄昏的最深处。那些树叶在风中婆娑着，天气凉爽，有些微的风。路边的野草，就在风里摇晃着，骨头很轻的样子。唐曼晴问，你老实同我讲，你是重庆的人，还是延安的人。

钱时英哈哈大笑起来，说，我是你的人。

唐曼晴停了下来，拿一双大眼睛盯着钱时英看，说：荒木惟最近好像对我的人突然有了兴趣。你最好给我小心点。

钱时英就不响了，他们沉默着，继续向前面一览无遗的黄昏走去。钱时英的手指慢慢移动，在马鞍下轻轻摸索着，不动声色地拿走了马鞍下面的情报。

这时候忠厚打了一个喷嚏，夕阳就一下子像疯了一样地越来越红。

贰拾伍

穿着长衫的费正鹏，反背着双手站在维文书店经理室的一堆光影里。他的长衫洗得很干净，有被阳光翻晒过的味道。他告诉张离，重庆的指示是抓紧收集各路情报，特别是从汪伪76号特工总部向梅机关递交的情报。那天张离就坐在一张藤椅上，听费正鹏说话。费正鹏有时候会在经理室来回踱步，他穿着千层底的布鞋，所以走路的时候是悄无声息的。费正鹏说他一直都没能找到余小晚，这是令他十分担心的一件事。他还讲起了余小晚的母亲庄秋水，以及庄秋水在苏州的童年和青年时光。这个耳熟能详却又从未谋面的女人，像一个美好的谜团一样，浮在张离的脑海里。那把从重庆费正鹏的办公室里带过来的琵琶，仍然孤独地挂在一面墙上。张离就觉得，看样子费正鹏是会一辈子都要带着这把琵琶的。那天在离开维文书店以前，张离想要说出余小晚的住处，但是她忍了忍，最后没说。她用一句话代替了所有，她说费叔，你穿长衫比你穿军装和中山装，都要好看得多。

费正鹏没想到张离会这样说，所以他愣了一下，随后浮起一个笑容。费正鹏仿佛有些腼腆的样子，说，我在重庆的时候没有穿过长衫。

贰拾陆

　　周海潮也一直在查找余小晚的住处。那天清晨他在长期包租的四方旅馆305房间睡得像一头猪，这时候门被敲响了。他趿着拖鞋，骂骂咧咧地开了门。一位被他雇用的"包打听"站在清晨凉薄的光影里向他报告，说余小晚住在同福里石库门的一间屋子里。送走"包打听"，周海潮合上门，努力让自己平静下来。他开了一瓶酒，慢吞吞地喝着，计算着自己再次见到余小晚会是怎么样的场景。然后在中午来临以前，他踏上了去往同福里之路。他拎着那瓶还没有喝完的酒，终于站到了余小晚的门口。余小晚刚好出来倒一盆水，看到了失魂落魄的周海潮。周海潮说，小晚。余小晚说，你谁啊？

　　那天周海潮鼻子一酸就哭了。他说所有这一切，都是陈山那个挨千刀的混蛋给搅的。他哭了一阵，情绪平静了下来。余小晚不说话，而是继续倚在门边，开始啃咬一只苹果。她啃得很细心，并不

101

削皮，而是用牙齿一圈一圈地刨着苹果皮。所以，苹果雪白的身体上留下了她细碎的牙印。周海潮后来又歇斯底里地大笑起来，事实上，在上海的这些天里，他更愿意把时光消磨在福州路那些妓院里喝花酒。那天他喝光了酒瓶里的酒，喷着粗重的酒气，像一个不停晃荡的钟摆一样，扶着墙走进了余小晚的屋子里。接着他头一歪醉倒在了地上，像一条突然被一棍子敲昏的狗。

余小晚拖不动像死狗一样沉重的周海潮，所以她只能在周海潮身上抛了一床薄被。无意中她在周海潮略微有些隆起的口袋里发现了几张纸，那是一份秘密线人和"包打听"们的口述报告。原来周海潮到上海以后，网罗了一些线人地痞，暗中调查和监控着陈山和张离，并打算把这个情报作为投诚时献给日本梅机关的礼物之一。情报中那些被收集的蛛丝马迹显示，陈山极有可能是重庆方面的潜伏人员。而张离这天下午就要和人在杜美路上的海半仙茶楼接头。

周海潮醒来的时候，余小晚已经把几份线人口述在一只白铁皮脸盆里烧得只剩下灰烬。周海潮先是在地上发了一会儿呆，他掀开了那床薄被说，你还怕我着凉？余小晚笑了，说，会感冒。周海潮突然起身，猛踹了余小晚一脚，然后又扑了过去，跪坐在余小晚的身上，揪着余小晚的头发抽了她几个耳光。一边抽耳光一边吼，你把我心都凉透了，你还怕我着凉？婊子都知道谁给钱就给谁笑脸，你心里就只装着一个抛弃了你的陈山。这样对我公平吗？

你卖国家。余小晚说，卖国家者，人人得而诛之。

我不卖国家，还有别的人会卖国家。谁卖不是卖？

卖国家不会有好下场。我父亲说，不能失去每一寸泥土，哪怕是泥土之上的每一粒灰尘。

灰尘？我把全国的灰尘都送给你要不要？周海潮红着一双眼睛，他站起身来，又狠狠地踹了余小晚一脚，喷着酒气吼，你父亲就是一个笨蛋，怪不得他那么早就被人杀死。

接着周海潮撕开床单布条，把余小晚绑了起来，绑在一把椅子上。他自己也满头大汗地坐下来，在果盘里拿了一个苹果，在衣服上擦了一下，狠狠地咬了一口说，张离今天下午两点要和人在海半仙茶楼接头。只要逮了张离，陈山估计就该和她一锅端了。你等着我回来给你消息。你的陈山到底扛不扛得了日本人的大刑，到底是能当英雄还是狗熊，你就等着瞧吧。

余小晚用血水吐了他一口，冷笑着说，你不用对陈山不服气，你和他没得比……

没得比？周海潮认真地用袖子擦着脸上的血水，然后他拿起一块布头，塞进了余小晚的嘴里。周海潮接着说，我从来都没想过要和一个死人去比！

余小晚大约花了一个钟头才磨断了绑着她的绳子，她的手腕上差不多剥下了一层皮，手上全是血迹。打开门以后，她疯狂地奔向了海半仙茶楼。她就像一匹来自重庆的小鹿，在上海的街头横冲直撞。路人惊诧的目光纷纷扬扬地落在衣衫不整的她身上。在半路上余小晚找电话亭子打了一个电话给陈山。她的鞋子跑掉了，光脚板上全是被石片玻璃割开的伤口，还差点儿被一辆急驰而过的军车撞飞。陈山看不到这一切，也看不到她发黑的脚掌，和她披头散发的样子。陈山放下电话后，笃悠悠地骑着一辆脚踏车离开了梅花堂，他沿着去往杜美路上海半仙茶楼的马路一路追寻着，终于他找到了快步向前的张离。他没有说话，只是踮着脚让脚踏车停了下来，就那么看着张离。张离迅速地跳上了脚踏车的后座，脚踏车拐了一个弯，向梅机关快速行进着。在一个电话亭子边，陈山停了下来，说，马上联络飓风队。

　　对于张离来说，那天像是一个绵长的梦境。她用电话联络上了飓风队的陶大春，按照陈山的吩咐，陶大春带人赶往了海半仙茶楼。张离和陈山则一起回了梅机关，像是逛街归来的样子。他们的手上，还多了一块刚扯回来的棉布，以及两盒云片糕。他们还一起去找了荒木惟，在荒木惟的办公室里，陈山说，真想喝喝日本茶啊。于是一只炭炉生了起来，荒木惟在炭炉上架起一把日本铁壶，壶里的水在慢慢升温。办公室里一片宁静，只有从壶盖上升腾起来的热气在悄无声息地弥漫着。他们都看不到，飓风队的几辆脚踏车在街头疯狂地行进。如果你的目光从高处向下俯视，可以看到自行车像刀片一样，锋利地划开了街道。

　　海半仙茶楼里，千田英子按约在海半仙茶楼的六号包厢，等待着这个从未谋面的周海潮出现。千田英子也在喝茶，她喝茶的时候，耳朵里装满了各种细微的响动。她在等待着楼梯响起来，也在等待着情报中所说的接头。在窗口，她果然看到了周海潮，凭直觉她觉得这个人应该是那个密报有重要情报提供的人。她看到周海潮走向了海半仙茶楼门口，略微停顿了一下，向四周观望着。没想到一个披头散发的女人，赤着一双脏兮兮的脚，手中居然捏着一把菜刀，那是她从附近水果摊上顺手抢来的。她疯狂扑向周海潮的同时，那把菜刀也威风凛凛地挥向周海潮，仿佛要和他拼命。周海潮的手上被刀子划出了一条血痕，这让躲在包厢里的千田英子抽出了枪，她朝余小晚连开了三枪，余小晚随即扑倒在地，手中的菜刀却还紧紧握着。余小晚并没有迅速死去，而是躺在地上的一堆黏糊糊的血泊里不停地抽搐着。她咬着牙，吐出一口血水，轻声对周海潮说，你敢借张离咬出陈山，那我就是日日缠你的厉鬼。周海潮向随即从茶楼冲出来的千田英子连连哀求，隐伏在四周的特工也纷纷拥了过来。周海潮语无伦次地说，能不能先抢救，能不能先抢救她。他的鼻涕眼泪一股脑儿下来了，白花花地糊了一脸。千田英子看了余小晚一眼，用脚尖拨弄着余小晚，余小晚就翻了一个身，双眼空洞地望向辽阔的天空。千田英子笑了，说，不能！

说完千田英子走进了茶馆。她面无表情，一边走一边戴着一双白手套。刚走到楼梯口的时候，她听到了周海潮的一声号叫。他的屁股上中了一枚针。那是躲在暗处的陶大春用吹管吹射的，按陈山的吩咐，不能惊动任何人。所以飓风队的人并不敢开枪，他们像一阵烟一样，在周海潮的号叫声中，突然从杜美路上消失了。

这个庸常的下午，千田英子并没有逮到任何接头人。她终于还是答应了周海潮的请求，把已经昏迷的余小晚送往了同仁医院。

千田英子让周海潮说出嫌疑人是谁，周海潮不肯，周海潮说我要见到荒木先生才能说。千田英子的心里就有些恼火，她阴着一张脸揪着周海潮的衣领，把他带到了荒木惟面前。迈进荒木惟办公室的时候，陈山正和荒木惟在喝茶，张离坐在一边。周海潮看到陈山和张离时，他听到了自己的心脏越跳越快的声音，很像是那种沉闷而急促的拍门声。张离像是不认识周海潮似的，好奇地望了周海潮一眼。周海潮是有话要说的，但是他突然觉得心慌，身上起了一阵虚汗。终于他大张着嘴巴，啊啊地叫了几声，然后咕咚倒在了地上。荒木惟望着他看，看到他倒下的时候还在两腿蹬踢不停地抽搐着，像一只垂死的田鸡。荒木惟把一粒棋子稳稳地按在了棋盘上，对千田英子说，他中毒了。

一名特工剪开了周海潮的裤子。在他的屁股上，可以看到一大片的黑色。千田英子说，我把他送到陆军医院抢救。荒木惟说，不用了。他已经死了。拖出去！

周海潮被拖了出去。陈山望着周海潮像死狗一样被拖出去的样子，说，腿真长，舞也跳得很好，人还那么年轻。陈山接着又说，可惜了。

荒木惟没有说话，他缓缓地站起身来，活动了一下筋骨。他的身体发出喀喀的声音。他走到了墙边，站在那张天皇画像前，仔细而虔诚地端详着。这时候千田英子上前一步轻声告诉他，有一个嫌疑人中了三枪，在同仁医院里救治。

荒木惟说，救活她！

贰拾柒

费正鹏穿着长衫，腰杆挺得笔直地坐在陈山的对面。他又和陈山在一起下棋了。在维文书店的经理室里，他看上去很高兴，后来却哭了起来，掏出两张照片，那上面是一个年轻的女人，和一个怀抱着的小孩儿。费正鹏像个孩子似的抹一把眼泪，说这是庄秋水，这是余小晚。另一张照片上，是庄秋水怀抱一把琵琶的样子。陈山抬起头，看到墙上挂着的那把琵琶，知道这和照片里的那把琵琶一定是同一把。从费正鹏絮絮叨叨如破棉絮一样的话中，陈山仿佛明白了费正鹏为什么对余小晚钟爱有加。那天，陈山手里的那个炮一直没有敲下去，最后终于说，有时候下棋不能老是用诱杀这一招。

费正鹏把一粒象棋往棋盘上一扔，说，我一定得让她活下去！

在同仁医院的观察室里，余小晚被两名梅机关的华人特工守着。一名戴眼镜的中年医生被人带了过来，径直走到荒木惟面前。医生告诉荒木惟，她暂时不能醒过来了，但也不会死。

荒木惟转过身来盯着陈山说，她是肖正国的妻子。她为什么要阻止周海潮去海半仙茶楼，必有原因。

陈山说，她太像重庆人了。

荒木惟笑了，看了看张离和陈山说，如果我没有猜错，她一定恨你们。

那天当着荒木惟的面，陈山用脸盆去打来了冷水，细心地兑入了热水，认真地替余小晚洗净了脚。他用一块细软的布头，十分耐心地替余小晚清洗脚上的污垢。他一直握着余小晚玲珑的脚，并且突然记起母亲是替自己洗过脚的。但是母亲很早就过世了。母亲是陈山梦中的一个人物，既近又显得那么遥远。甚至有好几次夜里醒来，陈山都会觉得母亲来过他的床边，并且替他掖好了被角。张离的眼圈红了，她就那么笔直地站在余小晚身边，她的手指头伸出去，轻轻钩住了余小晚的小手指。曾经有那么几个平凡而美好的春天，她们就是这样手指相钩，走在重庆的大街小巷。这让张离脑海里快速地掠过两个人在重庆的美好时光。那些时光重重叠叠，像极了从树叶间隙漏下来的零碎的阳光。

荒木惟望着专心洗脚的陈山笑了，说你对她真不错。

陈山说，一日夫妻百日恩。

荒木惟后来把手轻轻搭在了陈山的肩上，然后手指头轻轻地掠过。他带着千田英子一起离开了余小晚的病房，在空旷的走廊上，他的脚步声传得很远。在走廊上行走的时候，荒木惟一直阴沉着脸，他一直在想周海潮的突然死亡，向他下杀手的会是哪一个？而余小晚的搅局，阻止了密报中透露的共党的接头，这两个接头的人又会是谁？

张离在余小晚的身边坐了下来，她掏出一根麻线，缓缓地把散开的珍珠重新一颗一颗穿好。然后张离把珍珠项链戴在了余小晚的脖子上，她对余小晚说，少了的那一颗，是永远也找不回来的。那根麻线其实一直带在张离的身边，她希望有一天能亲手把这串项链穿回去。

余小晚侧身躺着。她的目光一直呆而直地望着窗外。尽管这是一种笨拙的目光，但是陈山觉得，她的目光一定跨山越水，看到了重庆。重庆的岁月里，余小晚年轻得像一棵露水里的葱。那时候父亲余顺年穿着发白的卡其布中山装，反背着手，在屋子里来回踱步，并且给余小晚念诗。他念《致女儿书》：

> 我不愿失去每一寸泥土
> 哪怕是泥土之上的每一粒灰尘

> 我不愿失去每一滴河水
> 哪怕是河床之上升腾的水汽

> 我不愿失去任何

因为她属于我的祖国

就像我不愿意失去我生命的分分秒秒

因为我需要用来爱我的女儿

那么小晚，你要给我听好

流失家园就是流失我们的生命

流失爱情，流失光阴，流失每一朵花的开放

那么小晚，你要给我看牢

家园的篱笆需要扎紧

任何野狗都不能入内

我愿意用血和肉去拼杀

就算我被撕成碎片

也在所不惜，绝不退后半步

最后请用我的骨头，当作武器砸向敌人

  在父亲朗诵诗歌的声音里，余小晚的眼眶里滚落了两行泪水。她依然还没有醒来，但是蒙眬中看见了父亲瘦削但却坚定的背影。而在医院病房外的一小片空地上，费正鹏手里拎着用麻线吊着的一串纸包中药，久久地站着发呆。他穿着青灰色的长衫，看身边的人群像鱼一样不停地从他身边经过。后来他抬起了头，长久地望着余小晚病房的窗口，仿佛是在看天气，也仿佛想要看到窗户里面所发生的一切。

贰拾捌

日子不紧不慢地前行着，盛夏早已来临。陈山觉得他面前的日子变得无比冗长，他想要打听的妹妹的消息，一直都被荒木惟挡回去。陈山晓得，陈夏一定是安全的，但是安全不等于他不想见到。陈山再次来到荒木惟的办公室。他在门口听到了熟悉的钢琴声，但是这些音符变得像一只阳光下的蚂蚱一样欢快。陈山就在办公室门口站了很久，他有点儿不敢推门。他突然闻到了只有宝珠弄才会散发的那些潮乎乎的气息。当他终于推开门的时候，一束刺眼的阳光猛然从窗边照射过来。陈山眯了眯眼睛，他发现这个弹钢琴的背影无比熟悉，是陈夏！陈山的眼眶突然就热了，他想要脱口而出妹妹的名字时，荒木惟做了一个"嘘"的手势。陈山就像钉子一样钉在了原地，那些七零八落的音符在他身边蹦来跳去，像无意间洒落的水珠。他看到荒木惟穿着白衬衣，双手插在口袋里，专注地望着陈

夏翻飞的手指头。他多么像一个音乐老师。但是他含着笑意看着陈夏的温情眼神，让陈山不寒而栗。

陈夏按下了最后一个音符。然后她又安静地坐了一会儿，缓慢地转过身来。她看到了站在门口的陈山，于是像一阵风一样旋了过去。陈山抱住了妹妹的一瞬间，明白这不是原来的妹妹了。陈夏浑身散发着一种愉快的气息，她想起了那个中午。在日本东京著名的顺天堂医院，眼科医生竹也亲自替陈夏拆线。纱布一层一层从陈夏的眼睛上揭下来，像揭下她黑暗而绵长的往事。陈夏闻到身边的男人有一股淡淡的肥皂气味，这个男人穿着干净的白衬衫。他像一种叫作初夏的季节，清新而充满着力量。他在陈夏刚刚恢复的视力中飘摇晃荡起来，最后越来越真实。陈夏露出一排白牙笑了，说，荒木君，你和我想象的一样。你像我另一个哥哥。

陈山的手缓慢上升，他要做的一件事是轻轻推开陈夏，然后认真看她的眼睛。陈山从她的眼眸里看到了忧伤的自己。荒木惟打破了寂静，他说这是陈夏小姐，我的又一名助手。我的朋友竹也医生替她治好了眼睛，她的日本名字叫夏枝子。她也是日本神户间谍学校速成班有史以来最出色的中国学生，所有科目全部甲等。陈山君，我认为你应该欢迎一下你的亲妹妹战斗在你的身边。

陈夏深深弯下腰去，直起腰身时"嗨咿"的发音，充满着日本海淡淡的腥味。陈山微笑起来，他意识到自己的心像被扎了一针，那种细微的疼痛渐渐加深。陈山怀疑自己的脸也一定因为疼痛而变得发青了。

　　那天陈夏很认真地说，荒木先生，这首《樱花》的乐谱和以前的不一样了，前面五句，都有一个音符是错的。第一句错了一个发，第二句还是错了一个发……

　　荒木惟说，可能是记谱的人记错了。但是你按这样弹，也不错。

贰拾玖

　　张离和陈山坐在饭店大厅的角落里，看中间铺着红毯的通道上，闪闪发光的陈夏穿着美丽的白色裙子，十分得体地走过。这是一个突然降临的天使，让陈山觉得有些措手不及。欢迎晚宴就放在华懋饭店，荒木惟气派地包下了整整一层。他轻轻扬起尖尖的下巴，雇来的乐队就响起了西洋音乐。现在这位被称为夏枝子的姑娘，被一应人簇拥着走在红毯上。在红毯尽头，陈夏站住了，回转身深深地弯下腰去，并且流利地说了一句日语。陈山拎着一瓶老酒，他喝醉了。在被张离带回家之前，他一直一边喝酒一边回忆着76号向梅机关上报的情报里，那些国军高官和汪伪汉奸做走私生意时互通的信息，还有被捕的中共情报员祥叔在酷刑架上咬掉76号特务一只耳朵后壮烈牺牲的画面。在耳热心跳中，他无比想念近在眼前却十分遥远的妹妹。

　　回到家，张离为仰躺在床上的陈山用热毛巾擦了一把脸，手腕却被陈山一把抓住。他突然觉得自己像一个失魂落魄的孤儿，在张离的怀里第一次痛哭流涕，又沉沉地睡去了。陈山深深地知道，妹妹踏上的是一条不归之路。

　　张离抚摸着他的头发说，哭吧，先把你的眼泪全部哭完。

　　等陈山慢慢平静下来的时候，张离说，你妹妹不是背叛了自己的祖国，而是她面前一片迷雾，看不到方向。

　　第二天中午，陈山坐着黄包车回到了宝珠弄的老房子，他把家里的五灯"电曲儿"收音机擦得纤尘不染，搬到了梅花堂妹妹的屋子。妹妹就住在千田英子的隔壁，她正和千田英子叽叽喳喳地说着日本话。看到陈山怀里抱着的收音机出现在门口时，陈夏的脸上露出莲花一样的表情，她说这就是小哥哥你送我的那台收音机吧？陈夏打开收音机，认真地听了一会儿，又迅速地关上了。陈山的目光在屋里游荡，这是荒木惟为陈夏准备的房间，那房间里一张红木桌子上，有一台崭新的更好的德国冯·古拉凯收音机，那也是荒木惟送给陈夏的。陈山的心不由自主地酸了一下，在冯·古拉凯面前，电曲儿像一个窘迫的乡下亲眷。他突然觉得在自己的眼里，妹妹将会变得越来越陌生。果然，一名日本特工匆匆进来，用日语告诉陈夏，让她去监听一个电台。

　　陈夏像一阵风一样地消失了，悄无声息，留下站在屋子中间的千田英子和陈山。

　　陈山抱起了收音机，无比伤感地转身回去的时候被千田英子叫住了。千田英子说，陈山君，你好像很难过。

陈山就凄惨地笑了一下说，我妹妹走了。

你妹妹走了你有什么好难过的？她是去执行任务的，很快就会回来。

因为我妹妹走了。陈山重复了一句。

陈山后来没有再理会千田英子，他把收音机夹在臂弯里大步流星向前走去。他觉得脑门里灌满了蚂蚁，让他的脑袋一阵一阵地刺痛。他眼前浮起了吴淞口码头货仓的一大片白光，在这样的一片白光中，他看到了自己正拿着刀子帮人讨债。那天他挥舞着长刀，把风劈得纷纷扬扬。但是他的头上挨了重重的一棍，血像蚯蚓一样从头发丛中麻酥酥黏糊糊地爬出来，糊了他一脸，并且凝结成了面条的形状。在血的腥味中，他得了八块钱。这最后的八块刚好凑够了买这台五灯电曲儿收音机的钱。

陈山突然觉得，收音机是一件会令人难过的东西。

叁拾

　　这个夏天，荒木惟为陈夏成立了夏枝子工作小组。在简单的成立大会上，陈夏的目光冷得让人可怕。她缓步走上台去，向主持会议的副机关长敬礼。需要她讲三分钟话的时候，她只讲了一句话，我希望我的工作小组的另一个名字叫：刀锋。然后她敬了一个礼。走向台下的时候，陈山看到数名有着深厚背景的辅佐官在窃窃私语。陈夏的眼睛在复明后会像猫一样习惯性地眯一下，然后突然睁开，那瞳孔里射出的光像刀锋一样清冷。但是只有陈夏和陈山在场的时候，她会一把挽住陈山的手，在陈山身边撒娇。和父亲陈金旺一样，她也喜欢吃生煎。她要吃陈山给她买的生煎。

　　陈夏会选择一些零碎的时间，去宝珠弄看望陈金旺，陪陈金旺一起吃吃饭。陈金旺认不出她，但是会反复告诉她自己有一个女儿叫陈夏。陈夏不响，只会时不时地给陈金旺夹菜。她觉得她说一句

117

和一万句，对陈金旺来说是一样的。她不想多说话，还有一个原因是因为她的长项是行动。这个闷热的夏天，陈夏提供的侦听报告，让荒木惟一连端掉了几个军统的重要据点。有好几次，是一组组长陈山带人在配合陈夏行动。有时候梅机关内本来平静得像一潭深水，陈夏却会突然让荒木惟发布命令，无数次只要陈夏穿着紧身的制服，像一只猫一样冲下楼梯奔向院子，陈山都知道又一场紧急集合就要开始。陈夏的身形矫健，眼睛复明后目光总是幽冷而咄咄逼人。陈山知道陈夏彻底被荒木惟变成了另一个人，而他不敢策反她是因为他根本没有把握说服妹妹。他觉得如果弄巧成拙，自己和张离反而会有暴露的危险。而终于有一天，陈夏兴奋地告诉荒木惟，她发现有一个和延安方面联系的神秘电台异常活跃。虽然发报地点总是频繁更换，但是她已经根据坐标划出基本活动范围，并且范围正在逐步缩小。只要这个信号再有一两次的固定活动，就可以准确判断出发报方位。

陈夏说这些话的时候，刚刚弹完一曲《樱花》，她拿出笔要改掉乐谱上那几个错误的音符时，被荒木惟制止了。荒木惟说不用改，他一直面向墙上的天皇画像恭敬地站着。那天陈山也在荒木惟的办公室里，他在喝荒木惟新到手的一种福建岩茶。他看到荒木惟目光深邃，仿佛整个人要沿着自己的目光走到天皇的画像中去。然后陈山听到陈夏清脆而甜美的声音响起来，接下来要教训一下中共的人了，听说他们骨头像铁一样硬。

这时候，荒木惟仍然没有转过身来，他对着天皇画像说，那梅机关就是一只炼钢炉。

　　然后是秋天来临。那个稍微还有点儿闷热的午后，荒木惟在他的办公室里睡着了。门被突然打开，先是灌进来一阵从黄浦江上吹来的略带腥味的风，接着陈夏告诉荒木惟，她终于确定了那个神秘电台的大致方位。荒木惟在一把酸枝木躺椅上笑了，他摸了一把脸，站起身来，脑海里浮现了居民区屋顶黑压压的瓦片，以及瓦片的上空灰暗的天空。那些信号就在这样的空中穿梭着。荒木惟说，让电讯侦缉车和76号涩谷宪兵小分队全程配合你，你亲自率队抓捕。陈夏弯下腰去，她已经像极了一个日本人。她弯腰的样子，让荒木惟想起陈夏曾经说过的"刀锋"两字。所以在荒木惟眼里，现在的她无疑就是一把寒光闪闪的弯刀。那天中午时分，有沉闷的雷声鳞次栉比地滚过梅花堂的上空。在陈夏带着夏枝子工作组出发的时候，甚至从天空中降落了为数不多的冰雹。那些像炒豆一样的冰雹欢快地落在电讯侦缉车的帆布篷上，分外清脆与欢畅。车子缓慢地在大街上移动，陈夏在车内从容地用耳朵分辨着细微的信号。她很像是要出门旅行一趟的样子。然后，陈夏突然用笔尖在地图上点住了一个地名，那是龙江路三墩弄。陈夏说，抓！

　　陈夏话音未落，自己先从侦缉车上弹了出来，边奔跑边拉动着手枪的枪栓。那枪栓发出的金属声音，让她变得异常兴奋，血流加快。涩谷带着宪兵队，也从一辆篷布大车上跳了下来，军靴踏在湿漉漉的路面上，发出沉闷的声音。他们组成的队伍，像一群游动的带鱼，蜿蜒着向前迈进。而三墩弄的一幢空荡荡的老房子，显得破败而颓废，像一个随时都会倒下的老人。钱时英和张离正在二楼的一间屋子里接头，他们刚刚发完电报，同时收完一份来自"老家"的关于"骆驼"的紧急密电，译出的电文显示，余顺年曾经对发展的下线"骆驼"有过一个简单的描述，因此得知了"骆驼"有一个特别的"双三角"折纸习惯。

钱时英在窗口看到了弄堂口的异动，他的心一下子就空了。他说你赶紧走。我们被盯上了。

张离盯着钱时英说，一起走！

钱时英笑了，说一起走就是死。你不能死！

撞击院门的声音开始响了起来。钱时英拔出手枪，躲在窗户后面连开了数枪。宪兵小分队的所有枪火，都密集地向二楼窗口射来。钱时英转过头对张离说，你必须好好活下去，这是最后的命令！

钱时英从胸口摸出一只怀表，塞到张离的手中说，我爱你。走！

张离是奔到一楼后从后门突围的。尽管有子弹在她身边飞过，但最后还是没有伤到她。她拎着一只小巧的皮箱，迅速地从后门撤离，并仓皇地登上了弄堂口的一辆刚刚经过的黄包车。那皮箱里安静地躺着刚才他们用过的电台。就在张离从后门弄堂撤走没多久，钱时英打光了手枪里面所有的子弹。这时候陈夏突然从人群中挤向前去，挥手就是一枪。钱时英从楼梯上滚落了下来，他的左大腿被击穿了一个血洞。当他被一名特工揪住了头发，并抬起他的脸时，陈夏愣住了。她看到了差不多有七八年没有看到的哥哥陈河。

陈河被宪兵队的人押上了篷布车。陈夏回到侦缉车里，在侦缉车摇摇晃晃驶向梅花堂的过程中，她的脑海里浮起一个大学生的样子。陈河很早就走出了那条叫宝珠的弄堂，一直在北平这座苍茫开阔的大城市里求学。在他走后没多久，陈夏的眼睛就越来越看不清了。所以陈河在她的心目中，永远只是一个灰黑色的影子。这个影子和她的交集并不多，他总是很忙的样子，但这不影响陈夏对他的仰慕。有一次他从北平带了一盒茯苓饼回来，抓过陈夏的手，放在陈夏的手掌里，温和地说，茯苓饼你要尝尝的。

陈夏努力从茯苓饼的气息中把自己的思绪拉回来。天气已经转为晴朗，那场微小的电子雨也已经停歇了。汽车轮胎碾过了马路，碾轧在那些细小的冰雹上，发出咔咔的脆响。陈夏突然觉得天色渐亮，这个夏天尽管是明晃晃的，但是却像水中倒影一样显得恍惚。这时候她突然发现，她出了一身的汗。这身汗让她觉得身体黏答答的，像是刚被人从水中捞出来一样。

那天下午，陈夏疲惫地站在荒木惟明亮的办公室里。荒木惟仍然是面对天皇的画像和她说话的，他的第一句话是，听说跑掉了一个人？

陈夏说，是。因为我受到了附近的信号干扰。为了找到正确信号，浪费了十五分钟。

荒木惟笑了，转过身来轻轻地整理着陈夏的衣领，这让陈夏闻到了荒木惟轻微的雪茄气息。荒木惟对陈夏说了第二句话，你的脸色有点儿苍白，会不会是受凉了？

这时候一阵风漾进了办公室，钢琴上的乐谱哗哗哗地翻动了几页，陈夏就觉得，她刚才像是经历了一场梦。她虚弱得很想去医院。

叁拾壹

张离拎着一只皮箱，强压住自己内心的慌张，看似平静地出现在家门口。这时候陈山正窝在一张沙发上，对着一张照片发呆。茶几上是几本凌乱的书，显然这张照片是夹在某一本书中的。张离一步步向屋内走，她突然腿一软跌倒在客厅的地板上。陈山的目光从照片上扯回来，看了地上那只箱子一眼，温和地说，你敢把电台带进家门来？

张离从地板上抬起头来说，我不想失去电台。

陈山上前扶起了张离，把张离安顿在沙发上。然后他整个人用双手撑着沙发的两个扶手，近距离地对着张离说话。陈山说，看着我的眼睛。

张离咽了一口唾沫，说，好。

陈山亮了一下那张钱时英和张离的合影说，现在我来问你一些问题！

是审问吗？

陈山愣了一下，说，你的话里全是火药味。

对不起，今天本来就是一个充满火药的日子。我想你其实一切都明白。

那天在舞厅你和陈河已经相互认出了对方，是不是？

我只知道他叫钱时英。

知道他是我亲哥吗？

知……道！

在药店，你就是和我哥在接头；还有，我哥就是你的那个战死的未婚夫，是不是？

张离闭上眼睛，调整了一下情绪，重重地点了一下头说，是！

张离的嘴唇颤抖着，可是，我们就快要失去他了，不是吗？她整个人抖动得厉害，陈山不得不抱住了她，将她的头按在自己的胸前。张离的眼泪下来了，把陈山的前胸弄湿了一大片。张离说，我们就快要失去他了。张离的声音，越来越像是一只越冬的大雁从天空中掉下来的一声哀鸣。

张离慢慢平静下来的时候，陈山终于说，是我安排了另一个干扰信号，但是最后还是被陈夏识破了。我承认她是一个侦听天才。

张离说，你为什么不及时阻止？

陈山说，我没法阻止，当我发现梅机关的这场抓捕行动开始的时候，一切都来不及了。我只想把陈夏引开，但我没有成功。

张离说，好，那我问你，能不能加入我们的阵营？

你是军统的人，那么哪个算是你们的阵营？

共产党。

你为什么会选择共产党。

因为他可以救中国。

什么理由他就一定能够救中国？

张离满含热泪，她站直了身子，走到窗边，猛地拉开了窗帘。一堆阳光迅速涌进来包裹了她，她就站在光影里大声说，祥叔不是理由吗？钱时英不是理由吗？以后，可能我也会是理由。不够吗？

你不能成为理由。你最好离开上海。

不能！

你要坚持到什么时候？

胜利！

叁拾贰

　　唐曼晴来到梅机关找荒木惟喝茶，她的福特轿车就停在梅花堂院子的空地里。坐在荒木惟的对面，她先是环视了一下办公室，目光落在了墙上天皇的那张像上。后来她拿出一封信说，宪兵本部特高课麻田长官已经答应让我带走钱时英，请荒木君成全。荒木惟只盯着唐曼晴笑，慢条斯理地说，你找对人了，麻田长官下面有宪佐队、密探队和翻译队等，上海滩没有他搞不定的事。

　　唐曼晴仍然举着那封信说，那还得靠荒木君给面子。

　　荒木惟说，没有面子。特高课是特高课，梅机关是梅机关，很抱歉，我不归麻田长官管。

　　荒木惟说完，捧起了茶盅，他没有接信。这让唐曼晴很失望，她把一只小布袋放在了桌面上，推到荒木惟的面前。荒木惟放下茶盅，打开了布袋，看到袋子里装满了黄灿灿的金条。荒木惟笑了，说，如果世界上只有一个人不喜欢金子，那个人一定是我。

唐曼晴觉得无比失望，一个不好色也不贪财的男人，一定是一个可怕的男人。荒木惟用日语说，唐小姐这几天频繁进出麻田长官的官邸，就为了一个要死的人吗？

唐曼晴也用日语回答，他对我，像生命一样重要。

他对我们也很重要，他的代号叫观音。但到现在为止，我们只问出他的代号，别的一无所知。荒木惟逼问着，现在我想问你，你究竟把自己当成是日本人，还是支那人？

感情和国家无关。请求荒木君，帮我这个特别私人的忙。

荒木惟的目光抬起来，落在墙上的天皇画像上，说，天皇陛下不答应。

陈山是看着唐曼晴进入荒木惟的办公室的，也看着唐曼晴冷着一张脸急匆匆地从荒木惟的办公室出来。在院子里，司机为她拉开车门，就在上车前的一刻她抬起了头，看到了二楼过道上将双手插在裤袋里的陈山。陈山从她的眼眸里看到了彷徨、无助，但也有一种坚定。他能清晰地看到唐曼晴咬了一下嘴唇，决然地坐进了车里。车门合上，车子悄无声息地驶向梅花堂的院门口。然后铺天盖地的知了的叫声，一阵阵地涌过来，钻进陈山的耳膜。

荒木惟托举着一只小巧的茶盅从办公室踱出来，对着那辆车子大声地用日语喊了一声，等一下。黑色的车子欣喜地停了下来。车门打开，唐曼晴从车里又站了出来，热切地抬头望着荒木惟。

陈山和荒木惟都站在二楼的阳台上，他们大概隔了一丈的距离。荒木惟说，上海这鬼天气，真想早点回到我美丽的奈良啊。

陈山说，每年这个时候，都是上海的鬼天气。潮湿，闷热，老天爷就指望着让人活不下去。

那天荒木惟喝了一口茶以后，突然眼神一转，说，你去审钱时英！去！

陈山下了楼。走过唐曼晴身边的时候，他深深地看了唐曼晴一眼。楼上荒木惟的声音又传了下来，说唐小姐，给你一个面子，我陪你去看钱时英。

陈山快步向审讯室走去。在通往审讯室的过道上，陈山走得沉着而缓慢。他看到了陈夏，她躲在一个角落里，像一个呆傻的木偶。陈山冷冷地看了她一眼继续前行，这时钱时英的惨叫声从审讯室传了过来。陈夏的眼泪终于流了下来，她把手指头紧紧磕着牙齿，手背上就全落满了泪滴。从她的目光看过去，只能看到陈山打开了审讯室的铁门，走了进去。

陈山打开审讯室的门时，一名特务正用两根手指粗的钢筋穿过钱时英的肩窝。两汪血像泉水一样，从钱时英的肩窝处挂了下来。两根钢筋的一头是一盆火，那钢筋被烧红了，红色正在缓慢地向钱时英的肩窝漫延。于是一股烧焦的味道，在审讯室内弥漫开来。钱时英痛得脸上全是汗水，衬衣也湿透了，结满了成片的血痂，紧紧地黏连着他的皮肉。钱时英的眼珠子圆睁着，巨大的疼痛让他脸上的肌肉在不停地颤抖。

陈山在不远处望着钱时英，对特务说，停！我要审他。

　　火盆被移离了，钢筋也被特务用巨大的火钳拔去。钱时英的头就迅速地垂了下来，奄奄一息的样子。陈山近距离地望着这个让陈金旺日思夜想的大儿子，一个品学兼优可以光宗耀祖的清华大学学生。陈山轻声说，有家也不回？他的声音轻得像头发丝落地，细微，但是却传进了钱时英的耳朵。钱时英苦笑了一下说，哪还有家？

　　我要救你出去！

　　陈河心中掠过了一丝惊慌，说，不行。你救我就是寻死，荒木惟就等着有人来救我。

　　我不救你，那你就更得死。陈山说。

　　一人死比很多人死值得。但有一件事你一定要记住，照顾好张离。

　　可你对得起陈金旺吗？

　　这时候脚步声响了起来，陈山忙举起拳头，重重一拳砸在了钱时英的脸上，钱时英鼻血长流，糊了一脸。陈山故意大声地吼起来，我不信你的骨头比钢筋还硬。

　　一名特务带着荒木惟和唐曼晴进来，他们都看到了陈山击出的重重一拳。唐曼晴的眼里就燃起了愤怒，她快步走过去，深深地剜了陈山一眼说，得饶人处且饶人，对你有好处。

　　陈山说，好处是可以让我少断一根肋骨的意思吗？

　　唐曼晴说，你真记仇！

　　陈山说，我要真记仇，刚才我就打死他了。

这时候荒木惟点着了一支雪茄。他美美地抽了一口，然后把烟喷向了天花板。这个漫长而无聊的秋天，让他觉得他有的是大把充裕的时间。他需要让陈夏一个一个地拔去他面前的钉子。他看到了唐曼晴慢慢地走到钱时英的身边，拉起他下垂的已经被拔去了十个指甲的手指头。那手指头已经肿得不成样子，她握着的几乎不是手，而是两大团血肉。钱时英无比虚弱，无疑像是秋风中的一根稻草，在旷野里簌簌发抖。但是钱时英仍然努力地挤出了一个笑容，他咳嗽了一下，嘴角就挂下了一小团血块。钱时英微笑着说，曼晴，我真想和你再骑一回马，驾……驾……

唐曼晴也笑起来，接着钱时英的话说，天那么蓝，马场那么开阔，你在去年冬天的时候告诉我，冬天很快就会过去，然后春风浩荡，然后春风十里，然后春光烂漫，然后春花怒放……驾……驾……

唐曼晴一边轻声说着话，一边慢慢地绕到了钱时英的背后，从后背轻轻地抱住了钱时英。她用自己的脸贴着钱时英的脸，泪水顺着钱时英的脖子，滴进了他的胸膛。

叁拾叁

　　荒木惟闭着眼睛靠在窗边听陈夏弹《樱花》。陈夏的手指头机械却熟练地弹奏着曲子，但是她的耳边都是哥哥钱时英受刑的惨叫声。荒木惟突然睁开眼睛说，你很慌乱。你的琴声乱了。

　　很快，陈夏的琴声恢复了正常，但是她的内心一度挣扎，要不要向荒木惟坦白一切，并替哥哥求情。终于在陈夏弹完最后一个音符的时候，她转过身来，看到荒木惟又闭上眼睛靠在窗口，仿佛沉浸在钢琴声中。荒木惟说，你大概是有什么话想说。

　　陈夏语音急促，一定要杀那么多人吗？大街上经常响起枪声，好多人都死于围捕军统和中共时的乱枪中。你说大东亚就快共荣了，可是我看不到。陈夏说完话的时候，手掌重重地按在了琴键上，发出了巨大的琴声。混沌而悠长。

　　荒木惟仍然闭着眼睛，他不响。一会儿他睁开眼睛，突然狂躁地大声说,那些都是该死的人。只有这些人死干净了,东亚才能共荣。荒木惟的脸涨得通红,他的手不停地挥舞着,仿佛在进行一场激烈的辩论。这让陈夏深感诧异,这是她第一次见到荒木惟狂怒的样子。

荒木惟仍然在怒吼着:死,去死!

叁拾肆

张离在一座叫猛将堂的教堂里，和从香港匆匆来到上海的"麻雀"接上了头。那天麻雀带着一名叫春羊的交通员，他们陪张离度过了整个下午。其实在很长的时间里，他们选择静默。因为他们也不知道应该说些什么。麻雀告诉张离，凡是和钱时英有联系的同志，都已经成功疏散。张离说，钱时英不会叛变。你小瞧他了。麻雀说，不是小瞧，是以防万一。

张离说，没有万一。

最后麻雀说，你的心情我能理解，但是我们并没有力量营救钱时英同志。我们根本找不到任何空隙和机会。

张离就不想再接话。她眯着眼望着远处，在她心里，钱时英的命运已经被不可逆转地决定了。她甚至突然感觉不到悲伤。麻雀盯着张离的眼，他慢慢地伸出手去，紧紧地握住了张离的手说，张离同志，我知道你心里埋着悲伤。但是我们不能再做无谓的牺牲。

张离努力让自己笑了一下说，我来替他活下去！

钱时英被执行枪决的地点，荒木惟定在了离梅花堂不远的小树林。执行那天，陈山和陈夏都在现场。荒木惟说，特务科的人都必须到场。陈山看到钱时英穿着破旧的衬衣，外面套了一件不知从哪儿找来的半新旧的黑色中山装。他的头发仿佛是清理过了，干净了不少。嘴角的伤口已经结了痂。看上去，钱时英的精神还不错。风从他新鲜的伤口上奔过，这让他的内心欢叫了一下。钱时英也看到了陈山和陈夏，那是他的亲人。但是，他不能说，也不能认。他只能微笑着，一步步走向反背着双手的荒木惟。

那天荒木惟把国军使用的M1911手枪递给了陈山，微笑着说，你来执行。用这把国军用的手枪，来杀死这名共产党。

陈山也笑了一下，他知道陈夏正在盯着他看。陈山还是打开了保险，很像是漫不经心的样子，他提着手枪向钱时英走了过去。他的脑袋里嗡嗡地响着，不知道自己有没有力气抬起手来，向同胞哥哥射出这一颗子弹。也就是在这个时候，钱时英望着荒木惟，突然说，等一下。

荒木惟走到了钱时英身边，说，如果你是识时务者，那还来得及。

钱时英的右手突然多出了一片刮胡子用的刀片，他的手弧度很大地一挥，向荒木惟的脖子上划去。但是他的腿在这时候软了一下，那是受过枪伤的一条腿。他重重地摔倒在地上，荒木惟也在同一个瞬间避开了凌厉的刀片。

这是一把山特维克牌子的进口刀片，纯正的瑞典货，锋利得只需在皮肤上轻轻一划，就能迸发出最鲜红的血液来。这其实是钱时英在迫不得已时为结束自己生命而准备的，就藏在自己的鞋子底部。刚才临刑前，他终于有机会假装系鞋带，偷偷将刀片藏在了手心里。刀片虽没有直接划破荒木惟的颈动脉，但钱时英知道，它还是发挥了最大的功效。荒木惟起身后迅速地踩住了钱时英的手腕，夺下他手中的那张刀片，随即重重地切下了钱时英的一根手指头。钱时英一声惨叫，荒木惟拿着那张刀片，胡乱在钱时英的身体上划着，钱时英在瞬间又成了一个血人。刀片划过的地方，像一张张张开着的嘴。等到荒木惟气喘吁吁地停下，直起身子的时候，说，执行！

陈山抬起了手腕，手枪对准了钱时英。这时候荒木惟又说，慢着。他看了看两名拿着长枪的宪兵，用日语说，用刺刀！

那天陈山和陈夏看着两名宪兵的刺刀齐刷刷地扎进了钱时英的左胸和右胸，钱时英圆睁着双眼，双手不由自主地握住了那两把刺刀。他大吼了一声，我的祖国……

两把刺刀同时拔出以后，那喷出来的鲜血，大概有三尺高。鲜血从两个刀孔中，有节奏地一冒一冒，然后这血流慢慢小了下去，成为一种无声的流淌。很快钱时英整个人浸在了血泊中，仿佛他是浮在水面上的一片巨大的树叶。陈山和陈夏的心里波涛翻滚，陈山是被荒木惟经过强化训练的，陈夏是日本神户特工学校的甲等生，所以他们的表情都平静如池塘的水面，没有一丝波纹。

后来荒木惟将刀片扔在了钱时英的身上。他的手下陈山曾经告诉他，钱时英像钢筋一样硬。现在他知道陈山没说错。他抬起头来，望着小树林的天空。那些从树叶间隙漏下的光线，斑驳地洒在他的身上。这是一个阳光充裕的深秋的午后，但是却从遥远之地响起了隐隐的罕见的雷声。他开始想念奈良县的天空，开始回忆家乡。家乡林场有成片成片的森林，当然也就有了成群成群的木头的气息。那是一种可以令他安宁的气息。他喜欢待在树与树的中间，像另一棵树。

叁拾伍

钱时英死的时候，陈金旺正在宝珠弄自己家的屋檐下晒太阳。他流着口水迷迷糊糊地睡着了，然后他被梦中的一记响雷惊醒。陈金旺在那把躺椅上发了一会儿呆，突然有种怅然若失的感觉。于是他长长地叹了口气。

陈夏买了生煎来看陈金旺，陈金旺看到生煎，双眼就发出一种光芒来。他说，生煎。他吃生煎的时候，孩子气地告诉陈夏说，格种生煎我女儿经常给我买的，她有交关辰光没来了。

陈夏就问，你女儿叫啥名字？

陈金旺说，我女儿么叫小夏呀。

陈山来宝珠弄家中的时候，陈金旺又一次睡着了。陈山就在他身边坐了一会儿，陈金旺睡了不到一刻钟又醒来，他睡得不太踏实。这时候陈山两只手交叉着，他望着眼前的地面平静地说，你大儿子没了。

陈金旺说，大儿子是谁？

陈山说，是陈河。陈河没了。

陈金旺说，你说陈河回来了？

陈山大声地说，是陈河没了！

陈金旺说，陈河回来了？他有家都不回？

陈山说，他说，哪有家。家早就没了。

陈金旺说，胡说，这不是家么。

陈山说，他说，没有祖国，家就不能算家。

陈金旺想了想，懵懂地说，祖国是啥？

陈山就不说话了。在陈金旺身边他坐了很久，走之前，他看到陈金旺的脸上分明有着泪水的痕迹。那些泪水深深地嵌进了他脸上的皱纹里，将那些纵横的沟壑浸泡。其实陈金旺什么也没有搞懂，但他就是不可遏止地流下了眼泪。那天刘芬芳和宋大皮鞋、菜刀，在弄堂口的一辆车里等着陈山。他们寂静无声，整个世界仿佛也是无声的。等到陈山坐到车里的时候，刘芬芳说，别难过，陈河不在了，我们几个还在。

陈山笑了起来说，小看人。我怎么会难过。陈山边笑，边侧过脸去流下了热泪。他的脾气突然变得狂躁，对宋大皮鞋猛吼了一声，还不开车！车子是用来停的吗？

在霞飞路上的培恩公寓，陈山找到了唐曼晴。唐曼晴赤着脚盘腿坐在西洋式的真皮沙发上不停地抽烟。茶几上的一只搪瓷饭盆里，躺满了烟蒂。她就那样披着一床毛毯，头发乱得像秋天的草一样。看到陈山站在面前的时候，她连眼皮也没有抬，而是重重地吸了几口烟，又喷出来。在烟雾升腾中，她说，你哥没了？

陈山说，你怎么晓得的？

唐曼晴说，如果不是你哥没了，你不会来寻我的。

唐曼晴又说，你哥说你们家，数你顶聪明。他不许我告诉任何人你是他的亲阿弟。

陈山说，荒木惟说，不许收尸，暴尸七天。如果有人收尸，按通敌罪论处。

唐曼晴把一封信移到了陈山面前说，这是你哥塞在我抽屉里的，他提前写好的遗书。唐曼晴边说边抬起了眼皮，望着陈山一字一顿地说，干了这一行，他就没想过能活多久！

陈山打开了那封极短的信，轻声地念着：

再见，我深爱的亲人。民族存亡关头，我等唯有置之死地而后生。身为子民，我须对得起我的祖国，对得起这苍茫而深爱着的故土大地，对得起我身上流着的每一滴热血。再见，我深深爱着的美丽而又支离破碎的世界。等到胜利那一天，阿弟你须在我坟前洒酒，坟后种花，以告慰我的灵魂。

陈山边读边泪如雨下。唐曼晴却没有哭，她在皮沙发上坐直了身子，两条腿垂了下来，套上了皮拖鞋。她又从那盒孟姜女香烟盒里取出一支烟，点着了，吐出一口烟。她的右腿就架在左腿上，右腿不停地晃荡着，那脚尖上还挂着一只皮拖鞋。她说，小赤佬，你滚。让我一个人待一歇。

陈山滚回家中的时候，看到张离已经做了一桌的菜。她好像已经爱上了当厨师，看上去把菜炒得热火朝天的样子。甚至，她还哼起了小调。陈山看到张离在桌上布了三双筷子和三碗酒。陈山就从口袋里拿出那把山特维克刀片，放在桌子上。他端起了其中一碗酒，洒在地上说，哥，咱兄弟俩从没一起喝过酒。今朝我敬你一杯。先干为敬。

陈山放下酒杯，红着眼睛对张离说，现在我来告诉你，就让我哥做个见证。我愿意站在你的阵营！

张离不响，而是咕咚咕咚地把一碗酒也给喝完了。然后她不停地吃菜，她的嘴里塞满了菜，陈山十分担心张离会不会因此而噎着。但是没有。张离吃得越来越多，嘴巴不停地动着，像是被饿了三天似的。等到张离终于吃不动的时候，她说，你刚才说什么？

陈山说，我愿意和你站在同一个阵营。

张离说，你不是说需要理由吗？你不是说你只关心妹妹吗？

陈山说，你真记仇。

张离说，好，那我问你，你站在我的哪一个阵营？

陈山说，共产党。

　　张离说，你总算想通了？

　　陈山想起了陈河信中的一句话，于是说，民族存亡关头，我等置之死地而后生。

　　陈山说完拿起桌上的那张刀片，在自己手指头上轻轻划过，血球随即爆出。

　　陈山说，这是我平生第二次发誓，我也愿意坚持到，胜利！

　　后来张离关了灯，说，我需要安静一下。这个漫长、漆黑、无边无际的夜晚，两个人坐在一张桌子的两头，偶尔的可以看到对方的眸子中亮光一闪。很久以后，陈山摸索着伸出两只手，手指头轻轻地从桌面上爬过去，最后轻轻地捧住了张离放在桌子上的一双手。陈山说，陈金旺没说错，陈河这个儿子最给他长脸。

　　陈山摸到的那双手，白皙，手指颀长，但全是泪水。陈山像是捧着两条刚刚上岸的湿漉漉的鱼。

叁拾陆

　　唐曼晴去了北四川路麻田长官的住所，一直到第二天清晨才匆匆离开。在麻田长官的周旋下，唐曼晴终于换来了替钱时英收尸的机会。她在西郊跑马场附近买下了一小块荒地，并且剪了忠厚的一撮尾巴毛，和忠厚的马鞍一起，埋在了钱时英的身边。那天的午后起风了，风有些大，那些杂草就随风乱舞。风把唐曼晴吹得歪歪扭扭，唐曼晴的声音也显得歪歪扭扭。唐曼晴对钱时英的墓碑说，先让忠厚陪你。以后我来陪。

　　唐曼晴离开钱时英坟地的时候，已经黄昏。一群老鸦在放肆地啼叫着，在这种聒噪的声音里，穿着长裙的唐曼晴踏着荒草渐渐远去。她的皮鞋和裙摆上，沾了很多的枯草碎屑，这让她觉得自己十分苍凉。她又想，自己的一生已经过完了。以后的日脚，是多出来的岁月。

叁拾柒

　　费正鹏穿着青灰色的长衫，坐在维文书店经理室的一张骨牌凳上，看上去很像一位老中医的样子。阳光从远处拍打过来，使他看上去显得安宁和慈祥。在这个下午，他主要回忆了他和余顺年还有庄秋水在一起的那段时光。这样想着，他就老是会想起余顺年激情的朗诵，也会想起庄秋水像一滴水一样安静的样子。琵琶的声音在他的耳畔响起来。张离这天依约来接头，费正鹏向她下达了重庆的命令，尽快拿到日军即将实施的"秋刀鱼计划"。这份计划是日军谍报人员获取国军"河豚计划"后的反制计划，并且在这份计划中，将顺应"河豚计划"中国军想要"借伪打共"的方向，不仅要继续离间国共关系，同时要对汪精卫部队中有投蒋嫌疑的将领进行清洗。费正鹏命令张离，协助陈山尽快取得"秋刀鱼计划"。张离看到费正鹏的气色不太好，他开始抱怨昨天晚上太过湿冷，这上海的鬼天气让他睡不好觉。看着他越来越密集的白发，张离突然觉得，费正鹏老了。

出门的时候，费正鹏亲手包了一包辣椒给张离，说这是正宗的重庆口味。望着费正鹏行动缓慢地包辣椒，温文地递给她，并且微笑地看着她出门，张离的心跳开始慢慢地快了起来。在回去的路上，她的步伐显得有些凌乱，步子也越迈越快。当她迫切地撞进门的瞬间，便将整个纸包像扔掉烫手山芋一样迅速扔在桌面上，然后喘着气瞪大眼睛盯着这个纸包看。陈山好奇地望着她，他也慢慢地凑了过来，和张离对视了一眼。张离就说，陈山，我都不敢相信我的眼睛。

陈山想了想说，我明白了。让我来打开它。

陈山把纸包缓慢地打开，平摊在桌面上。纸的中间是一堆辣椒，他十分清晰地看到了纸上的"双三角"折痕。他和张离的目光再一次撞在一起，陈山说，骆。

张离慢慢地从嘴里迸出了一个字：驼！

费正鹏竟然就是余小晚嘴里说的暗害了余顺年的"骆驼"，这让陈山和张离感到措手不及。他们没有时间处理这个叛党分子，只能把尽快拿到"秋刀鱼计划"作为首要任务。陈山是晓得的，"秋刀鱼计划"内容就藏在荒木惟办公室的保险箱里，仅用密码就能打开。但是保险箱里装了感应炸弹，如果拨错一个密码的刻度，保险箱就会触发警报，并且在三秒钟内引爆炸药。计划也会随之成为碎屑。而梅花堂的四周，二十四小时都有巡逻哨经过。

　　摆在陈山面前的第一个问题是，打开保险箱的密码是什么？而张离一直在思考的是，"秋刀鱼计划"既然是"河豚计划"的反制计划，那么国军的"河豚计划"又对中共做了哪些手脚？他们两个坐在桌子的两边，各自思考着自己的问题。在黑夜正式来临以前，张离站起身点亮了灯。她站在一片暖暖的光线中，认真地对陈山说，这份计划必须送往延安。

叁拾捌

　　陈夏事后才知道，这是一件令她一生后悔的事。被她暗中锁定的军统分子费正鹏，并不是荒木惟所说的想要暗杀陈山等汉奸的锄奸队，而是压垮她小哥哥的最后一根稻草。她和荒木惟坐在同一辆车里，荒木惟一直把手搭在她的肩膀上。在汽车的晃荡中，他用日语和陈夏对话。他告诉陈夏，自从陈夏从日本结束训练回到上海，他就觉得日子过得越来越快。荒木惟的车子停在了书店的门口，他看了陈夏一眼，脸上浮起笑意，轻声说，小心点。陈夏点了点头，嗯了一声。

　　然后，他看到陈夏迅捷地打开车门，像一支箭一样射进了书店。后一辆军车上的三名特工也跟着陈夏迅速地冲向书店，而其他特工随即散开，包围了四周。荒木惟知道费正鹏这一次实实在在地被钉死了。

　　陈夏冲进经理室的时候，费正鹏正在煮一碗面条。他略微显得有些老态龙钟地转过身来，凄惨地笑了说，你们来了。请坐。陈夏没有坐，只是拿一双眼睛紧盯着费正鹏。她看到费正鹏将一只汤勺子扔进了锅里。这时候荒木惟才笃定地走了进来，他看到有一扇窗已经打开，就笑了，你是不是怕高所以没敢跳窗。

　　费正鹏也笑了，说我不怕高。如果你们窗外没安排人，我早就跳下去了。

　　费正鹏把一碗面条端了上来，放在桌子上。这是一碗很辣的面，面碗上升腾的热气里，充满了辣椒的味道。费正鹏说，我放了正宗的重庆辣椒，您尝尝。我希望我不是被捕，而是投诚。费正鹏边双手并举递上了一双筷子边说，要是您觉得这碗面还合您口味的话。

　　荒木惟没有接过筷子，费正鹏只好微躬着腰就那么举着筷子。荒木惟看到桌上有一本关于针灸的书，他饶有兴致地翻看起来，甚至和费正鹏讨论起中医来。他知道奈良成片的森林里，同样生长着各类草药。那天费正鹏穿着长衫，轻轻挽起了一小截袖子，还穿了一双布鞋，像一个老学究的样子。他的脸容很温和，如果讨论那些让人联想起山林田野的草药，他会变得兴致勃勃。荒木惟后来说，戴笠真不该让你入军统，你应该当一个郎中。

　　荒木惟说完，放下了那本针灸书开始吃面条。他吃得很投入，因为面条加了辣椒，所以他的脑门上出现了细密的汗珠。费正鹏说，您给句话。我这算是被捕，还是投诚。

荒木惟仍然认真地吃着面条，仿佛吃面才是一件最重要的事。

费正鹏又说，您不怕我下毒？

荒木惟努起嘴吹了吹面条的热气，吃下一筷子面说，你不会。

费正鹏说，为什么不会。

荒木惟说，因为你想活下去。

费正鹏说，从哪儿能看出来。

荒木惟说，从你的眼神。眼神从来不会说谎。

荒木惟吃完了面条，他将面碗恋恋不舍地推开，用一块白手帕擦了擦嘴角说，你说你希望是投诚，那么投诚是需要见面礼的。

费正鹏说，投诚也是会开出条件的。

荒木惟不说话，只是眯着眼睛笑。他把手肘放在桌面上，身子前倾，看上去是想要听费正鹏怎么开条件。费正鹏说，一、我要带走余小晚；二、我要一笔打入国外账户的钱。

荒木惟说，你为什么要带走余小晚。

费正鹏温和地说，因为我是她的亲爹。你们之间的战争，谁输谁赢都跟我没有关系，不过是利益争夺。我也有我的利益，我最大的利益，以前是庄秋水和余小晚。现在是余小晚。费正鹏慢慢地站了起来，他变得有些激动，突然猛挥了一下手说，格老子的，狗日的战争。

荒木惟平静地听着。他不知道费正鹏身上有一块青布做成的针包，包里装着长短不一的银针。也不知道费正鹏一直在自己身上试针，已经千疮百孔。他一直都知道余小晚陷入了昏迷中，但是他想救醒她。荒木惟后来慢慢露出了笑容，说，要是中国人都像你这么想就好了。

费正鹏说，你什么意思。

荒木惟说，因为在你眼里，你的民族和国家跟你关系不大。而对我们来说，征服一个国家，首先要征服这个国家人民的意志。谢谢你的配合。

费正鹏也笑了，说，你要这么认为，那你就错了。

荒木惟的笑容慢慢收了起来，说，我要见，面，礼!

叁拾玖

荒木惟宴请陈山，他们面对面坐在一张桌子的两边。如果没有桌上的一盘菜和两双筷子，这样的场景很像是一种审讯。而桌子中间唯一的一盘菜，是一道白汤河豚鱼。陈夏和千田英子就站在桌子边上，她们平静地望着窗外。窗外秋天的风已经开始摇晃一些树叶。荒木惟在这样轻微的风声中开启了一场对话，他对着陈山话里有话，句句紧逼。最后，他让厨师端上来一份河豚鱼肝，放在了陈山的面前。陈夏和千田英子的脸色随即有了变化。陈山看到了陈夏复杂的眼神，他十分清楚，这份鱼肝有毒。

陈山先是吃了河豚。荒木惟说，鱼肝也不错。

陈山抹了一下嘴巴，他把身上的手枪抽出来，放在了荒木惟面前。

荒木惟打开保险拉动枪栓，子弹上膛，对准了陈山的额头。陈山眼睛一眨也不眨地盯着枪口，陈夏和千田英子异口同声地说，科长。荒木惟说，闭嘴。陈夏和千田英子就闭上了嘴。接着荒木惟慢慢地笑了，他把手枪放在桌面上，重新推移到陈山面前，说，你上了张离的当。她当初选择和你私奔，你就必然付出代价。去！马上出发，抓张离！

那天陈夏望着陈山远去的背影。陈山的步子迈得异常沉重，边走边把手枪关上保险插回了腰间。张离无疑已经暴露了，荒木惟告诉陈山，张离此刻就在西郊钱时英的坟场。在二楼的窗口，荒木惟和陈夏站在窗边。荒木惟看着陈山带着刘芬芳和另外两名特工一起上了一辆汽车。荒木惟对陈夏说，你小哥哥被你嫂子骗了。

陈夏说，从小到大，我小哥哥就容易被人骗。

荒木惟转过身，把两只手搭在陈夏的肩上说：不要小瞧你小哥哥，也许是我被他骗了。但是我不会骗你，一辈子都不会。

上海的冬天进行得如火如荼了。陈山走向墓地的时候，已经是冰凉的黄昏。一群老鸦披着黑色的外衣，在枝头有气无力地叫了几声。远远的夕阳斜斜地打湿了向四处蔓延生长的苍凉的荒草。陈山就踩着这样的苍凉一步步走向张离。张离穿着一件深蓝色风衣，她一直站在钱时英的墓前，像另一株修长的草。陈山走到她的身后，然后站在她的背后看着她的背影。他主要是看着她的头发，当她回转身的时候，看到了陈山，也看到了远处一棵孤独的树下站着的刘芬芳和两名梅机关特工。张离平静地说，出事了？

陈山点点头说，我得带走你！

张离的眼泪流了下来，不停地点着头说，你是对的！

陈山说，荒木惟一定有大批人马包围了这里。也许每一片树叶后面都已经隐藏了一个枪口，如果我不带你走，我们都得死！

你必须活下去！

对。因为我要尽快找到"秋刀鱼计划"。

张离说，你亲口再告诉我一次，情报应该送往哪儿？

陈山说，延安。

张离眼圈红了：你成熟了。我真高兴。但是我想死，我怕我挨不住大刑，我怕疼。你把我尸体带回去交差，然后，战斗！记住，你的阵营是延安。

我已经记住我的阵营。但我不准你死！

为什么？张离说。

陈山的眼圈红了，咬着牙，一字一顿地说，你死了，我也和死了差不多！

你能这样说，我还是很高兴。你可以去猛将堂孤儿院，接头暗号我说给你听，记住，不能说错一个字。

张离紧紧地抱住了陈山，在陈山的耳边，她告诉陈山接头的暗号。她的头发被风吹动，不停地轻拂在陈山的脸颊上。陈山猛然想起了第一次初见张离的时候，张离正在费正鹏的办公室里。就过了差不多才那么一瞬间，张离就要结束她无拘无束的青春。张离轻轻推开了陈山，突然说了一声，时英，我来了。边说边一头撞向了钱时英的墓碑。陈山猛地一把拉住张离的手臂，但张离的额头已经触到墓碑。她撞晕了过去，额头上全是血。

陈山的眼泪一直没有掉下来。他拦腰抱起了张离，一步步地走向远处路边停着的车子。走到刘芬芳和那两名特工身边时，陈山吼了一声，给老子闪开。这让刘芬芳吓了一跳。他们上了车，车子披着一身夕阳，歪歪扭扭地开出了空无一人的西郊。在远处的树丛里，千田英子从望远镜里看到那辆车子，甲虫一样缓慢地爬行在一条泥路上。她放下望远镜，抬头看到一群麻雀从树丛中飞旋与上升，胡乱地扎进一堆辽阔的夕阳里。千田英子开始想念她的老家札幌，在札幌也经常能看到这样苍凉的场景。她觉得人生本来就是苍凉的。

千田英子对身边的特工说，收！

肆拾

陈夏站在二楼窗口，她把窗户打开了，傍晚的冷风一阵阵地从窗外灌进来。陈夏看着一辆冒着热气的汽车开进了梅花堂院子时，院里的路灯刚好整齐地亮起，仿佛是为了迎接陈山似的。陈山横抱着张离从车上下来。这时候的张离刚好从昏迷中醒过来，从她的角度往上看，看到了陈山的头发，睫毛，鼻子，嘴巴里呵出的热气，以及路灯光下被风吹起而摇晃的树叶。荒木惟站在陈夏身边，微笑地居高临下看着这一切。他一边抽雪茄，一边看着表情沉重的陈山抱着张离向刑讯室方向走去。荒木惟对雪茄深深迷恋，并且告诉陈夏，就是那种白而细腻的烟灰，都会令人迷醉。有时候，他甚至怂恿陈夏也抽一口。

陈夏就站在荒木惟的身边。她看着这个穿着白衬衣的男人一成不变的笑容，心里就会显得越来越不踏实。她突然觉得荒木惟干净整洁的外表与形象，让她觉得如此陌生。他不仅治好了她的眼病，培养她成为优秀的特工，也给了她情窦初开时的那种欢欣。而哥哥陈河，以及张离的被捕，让她觉得眼下突然涌上来的战栗，如此迅猛地淹没了她。这时候走在院子里的陈山停了下来，他抬起头向二楼的窗口张望了一下。陈夏就觉得这是陈山在看着她。陈山抱着张离继续沉着平稳地向前走去。陈夏突然觉得陈山看她的目光如此的冷漠，仿佛看一个素不相识的路人。

张离的被捕入狱，让陈山断定荒木惟一定在暗处监控着自己。第二天中午，当陈山站在窗口连续抽到第二支烟的时候，他开始盘算着怎么离开梅机关。他突然想到，荒木惟办公室保险箱的密码会不会就是那本音符填错了的乐谱，这些填错的音符正确的节拍，可能就是打开保险箱的密码。他举棋不定又想孤注一掷，这时候他看到了费正鹏。费正鹏在千田英子的陪同下，一脸平静地走进了梅机关的院子。费正鹏破天荒穿了一件白色竖条纹的西装，甚至还打了一个黑色的领结。陈山猛然明白出卖张离的就是费正鹏，他迅速关上办公室的门窗，拉开抽屉，取出那把勃朗宁M1910手枪。就在他想要打开门匆匆离开办公室的时候，伸向门把手的手停了下来。一会儿他坐回到椅子上，极力让自己平静下来。他想费正鹏并不愿意出卖自己，不然自己早就和张离一起被捕了。这样想着，陈山又把枪放回抽屉，整了整衣服的扣子，走出门去。

费正鹏走在二楼的过道上。他突然看到陈山出现在不远处，双手插在裤袋中向他微笑着。两个人走近了，面对面地站着，彼此友好地微笑。陈山伸出手说，老费，看来又可以吃你的辣子面了。费正鹏也伸出了手，和陈山的手握了握，又松开了。他突然觉得伸手的时候肘部有点儿局促。这身从大纶呢绒洋服号定做的西装明显的不合身。陈山说，你这身西装做得小了，哪家裁缝铺做的，可以关门了。费正鹏想回答一句什么，但是他想不出来该怎么说，所以只能牵强地笑了笑。然后在千田英子的引领下，费正鹏一步步向荒木惟的办公室走去。从陈山的目光望过去，费正鹏走路的姿势，像一个牵线木偶。

肆拾壹

　　费正鹏在同仁医院的病房里认真地替余小晚针灸。这是他向荒木惟争取来的，他无数次在自己身上试针就是为了救余小晚。很长一段时间里，他不许任何人轻易走近余小晚的病房。荒木惟来医院看过一次，他提出送余小晚去陆军医院，但是被费正鹏拒绝了。后来荒木惟就动用了最好的日本军医，去同仁医院为余小晚上门治疗。荒木惟站在余小晚的病床前，俯下身去观察着余小晚蜡黄的脸部表情。后来他站直了身子，对费正鹏说，费先生我不食言，你也不能食言。余小晚要是能救活，你必须帮我找到军统在上海的据点，灭掉飓风队。不然你得替余小晚死，这是一笔账，账必须算清楚。

　　我不是已经把张离给你们了吗？费正鹏站在病床的不远处说，他正小心翼翼地用一根湿棉棒湿润着余小晚干裂的嘴唇。

157

張離咬得很死，什么都不肯說。荒木惟說，那就等于是你沒把張離給我們。你不用跟我討價還價。

費正鵬想了想，垂下了頭顱說，好。

在荒木惟離開病房前，費正鵬搓着雙手提出，能不能為余小晚買一只取暖的水汀。費正鵬看到荒木惟表情古怪地笑了一下，他后來伸出手在費正鵬的肩上拍了拍說，情債欠下了，就是欠一輩子。你慢慢還。因為費正鵬的個子比荒木惟高出了許多，所以看上去他拍費正鵬肩膀的樣子有些吃力。荒木惟收回手，對身邊的人說，給余小姐配一只水汀。

更多的時間里，費正鵬住在梅花堂一樓的一間略微有些潮濕陰冷的空屋子里。他還是喜歡找來陳山下棋，每次下棋仍然是陳山輸。這讓陳山感到無地自容，他推開了棋盤說，你這次下的棋不是誘殺，這一次是追殺。費正鵬壓低聲音，有些興奮地說，我告訴你，余小晚的手指頭能動了，我一直沒有停止為她做針灸。我想讓你陪我一起把她送到國外，你必須配合我！費正鵬的語速很快，他警惕地看了看四周，從他的窗口看出去，可以看到游動哨晃動的影子。費正鵬站起身，他明顯有些激動起來，咬着牙說，狗日的戰爭，我們想要避開都有那么難嗎？

陳山坐在椅子上，抬起頭盯着費正鵬。他點了一根煙，說，戰爭不是用來避的，戰爭是需要迎上去的。

費正鵬想了想說，那是軍人的事！

陳山說，你不是軍人嗎？委員長說了，地無分南北，年不分老

158

幼，皆有守土抗战之责。

费正鹏长长地叹了口气，他合上了眼睛，说，我要保护余小晚。

陈山说，可你杀了张离！

费正鹏急了，是她自己杀的自己。只要她向荒木惟投降，她就不会死。但是我希望你别和她在一起。你应该和余小晚在一起。她爱你。

陈山说，你是疯了还是打算疯了。

费正鹏猛地向空中挥舞一下手，激动地说，我没有理由不疯。我必须让余小晚活过来，不然我无脸见庄秋水。

陈山也站了起来，他想起了那张包辣椒的纸上"双三角"折痕，平静地说，你更无脸见余顺年！

费正鹏的脸一下子青了。他猛然抬头，呆呆地望着陈山不急不徐地走到门边，门打开，又合上了。一切重归安静，仿佛刚才陈山的出现，只是费正鹏的一个梦。

伤痕累累的张离没有交代出任何人任何情报，她身上的血衣和身体黏连在一起，像一条干渴的沾满了泥沙的鱼，已经奄奄一息。许多时候，张离觉得身上发硬的血衣已经成了自己身体的一部分，那么紧密地黏连与生长着。荒木惟再一次审讯了她，依然一无所获。张离眼神里的倔强令站在她面前的荒木惟无比失望。这一次他没有恼羞成怒，而是将手轻轻搭在张离的肩上，拍了拍说，张小姐，你和钱时英太像了。然后荒木惟转身离去。

那天荒木惟走在审讯室外的走廊上，他的脸青得一塌糊涂。千田英子紧紧地跟在他的身后，像一个影子。荒木惟说，送到提篮桥监狱吧！千田英子说，是！

天气还没有完全转暖，街上的行人有些缩手缩脚。但是走在河边的时候，陈山可以看到河面上升腾的水汽，也能从河边的树枝上看到刚刚暴出的芽苞。陈山走在通往猛将堂的路上，在猛将堂他和一位叫刘兰芝的嬷嬷接上了头。她正在用一把大扫帚扫地，扫到院门口的时候，看到门口站了一个年轻人。年轻人像一只墨绿色的邮筒一样，一动不动，只是脸上浮着很浅的笑意。

陈山说，请问天黑了以后，这边的路还好走吗？

不好走。到处都是坑。

我想找一个会拉马头琴的人。

对不起，这儿只有唱诗班。

陈山看了看四周，轻声说，张离让我来的，我想见麻雀。和陈山一样，刘兰芝也看了看四周。她合上门，一声不响地拖着一把扫帚往回走。陈山紧紧地跟了上去。

在猛将堂的阁楼里，陈山见到了大名鼎鼎的麻雀，他正在替春羊剪头发。一个瘦子站在楼梯口，像是闭目养神，他面无表情地斜了陈山一眼的神态，令陈山不太舒服。春羊剪了一头的短发，那些细碎的黑色头发纷纷落在了白色的围单上。陈山坐了下来，他安

160

静地看着麻雀替春羊剪发，这让他想起了剪了短发的张离，他无数次同张离讲，你还是留长发好看。现在，长不长发不重要了，能不能救张离才是让人头疼的事。陈山后来把张离的事前前后后说了一遍，最后说，公开把张离押送到提篮桥，应该是荒木惟设的局，因为他完全做得到秘密押送。但是如果不救她，那么她离死也不远了。这时候麻雀刚好替春羊剪完头发，他收起了那张围单，把围单上的碎发拍打干净，麻利地织叠起来。然后麻雀转过脸来对着陈山说，你希望我怎么做？

陈山说，希望你们能组织营救，她是你们的人。她说，她的阵营是共产党。

麻雀沉吟了半晌，却没有说半句话。

陈山的笑容慢慢收了起来，他咬着牙，一字一顿地说，你不敢冒险营救，你怎么对得起她？怎么对得起钱时英？共产党是这样对待自己人的吗？

瘦子推了他一把说，你用不着替麻雀同志做任何决定。大局为重。

陈山转过身来，狠狠地盯着瘦子说：我的大局，就是张离！

瘦子也激动起来：你这是个人主义！

陈山猛地揪起瘦子衣领：别给我说风凉话，因为要死的不是你，是不是？

瘦子刚要发作，麻雀说，别吵了，救！大吉，现在我来布置任务……

这个时候，陈山才知道瘦子叫大吉。后来他知道，尽管大吉看上去和麻雀的年纪差不多，却是麻雀的远房舅舅，一条老光棍。那天陈山留在猛将堂吃饭，他和大吉之间的紧张气氛稍有缓和。大吉说起下个月就要回老家绍兴成亲，成了亲要把老婆带到上海来。听说那是一个结过婚的女人，是一个打毛线的好手，而且还带着一个孩子。那天大吉吃了一些酒，话就有些多，但是话却没有一句是对着陈山说的。他对刘兰芝不停地说，好像刘兰芝是神父一样。他自嘲地笑笑说，我是现成当爹的，少花了不少钞票。

最后刘兰芝说，你要对女人家好一点儿的。

那天荒木惟让陈山负责执行押送张离的任务。陈山合上车门的那一刻起，阴郁的眼神扫过了站在二楼阳台上的荒木惟和陈夏。陈夏的目光忧心忡忡，她穿着单薄的毛衣，这让陈山开始担心陈夏会不会着凉。车子驶离了梅机关，在陈山的耳朵里，他听不见声音，只看到他和张离的种种往事，在车窗外一格一格地飘移。车上张离的头发低垂着，头发丛中有结成块的血黏连在一起。只有她的眼睛还是明亮的，微微抬头与陈山目光相撞的那一刻，她就觉得陈山有事。她能从陈山的眼睛里读出深藏着的一种杀机。但是她什么也不能说，她的身边一左一右坐着两名特工。于是她选择了唱歌。春天仿佛已经有了那种逼近的意思，她唱"春季到来绿满窗"。这样唱着，她就想起了在重庆局本部工作的时候看的电影《马路天使》。她和余小晚一起看的，看完电影她们一起去祺春西餐厅吃牛排。现在这样的时光将永不重现，张离的眼中就蒙上了一层薄雾，她不由得轻轻叹了口气。她叹气的时候，陈山的心就如遇芒刺般地痛了起来。车子驶到贝当路路口拐弯的地方，突然之间就枪声大作。陈山在瞬间拔枪，他知道决定生死的一刻就会在短短两三分钟之内完成。营救小队果然就被千田英子和涩谷小队长带的宪兵队包围了。有三名中共队员——倒在了街面上，被打得千疮百孔。地面上暗红色的血就像巨大的蚯蚓一样，蜿蜒地流向远方。另有一些队员在仓皇中逃走。大吉被宪兵们逼到墙角时，身上已经有六七处枪伤，他的肚皮、大腿、胳膊上全是洞，仿佛是一只被针扎透了的塑料袋，不停往外喷血。张离也被乱枪打中了小腿，陈山冲上去把她揽进怀里，他抱着张离，想把浑身颤抖着的她抱到车上去。这时候他眼角的余光看到了大吉，大吉被日军的几把刺刀逼到了墙角。大吉远远地看着陈山，他笑了一下，咬着牙骂了一声册那，猛然敞开怀，拉开了胸前挂着的一排手榴弹弦线。他剧烈地狂笑起来，脸部的肌肉因此而变形。然后他大吼了一声，爹，娘，儿子不能给你们讨儿媳妇儿了。沉闷的炸响中，他和那几名用刺刀顶住他的宪兵被炸成了碎片……

　　陈山紧紧地抱着张离，他想要趁乱抱着张离冲上刚才被枪声逼停的汽车开始逃亡。这时候千田英子带着宪兵们正在向张离奔来，而不远处的一辆车里，荒木惟坐在副驾上手里拿着望远镜，远远地望着陈山的一举一动。于他而言，陈山永远只能是他棋盘上的一粒棋子。无论陈山属于哪一方，荒木惟都有足够的能力把这粒棋子吃掉。千田英子带着人奔跑着围了过来，从他们的角度看过去，张离和陈山在厮打着。他们越来越近，快要围住陈山和张离的时候，一声枪响，陈山的手枪击中了张离的心脏。张离的表情慢慢凝固了，嘴角暗黑的血泅了出来，然后缓慢地倒在地上。

在千田英子等人赶到以前，陈山告诉张离的最后一句话是，张离，我一定亲手杀了荒木惟，我让他粉身碎骨。张离仿佛笑了一下，慢慢地合上了眼睛。

千田英子向陈山竖了竖拇指。她看到陈山阴沉着脸，目光呆呆地盯着不远处的地面，并且不停地喘着气。这一切，全落在荒木惟的望远镜里。他长长地吁了一口气，露出了笑容。

肆拾贰

在荒木惟的办公室，荒木惟对怅然若失的陈山说，陈山，不要难过。过几年你就能忘掉她。

陈山凄凉地笑笑，抱怨地说，有些人，三天就能忘掉。有些人，三生三世都忘不掉。我怕到头来丢了她，也得不到梅机关的信任。

荒木惟说，我相信你。如果你是军统或者共产党，你用不着在梅机关待着。你每一分钟都有机会调头。

陈山说，我想要有很多钞票，钞票是这个世界上最好的东西。我既已背叛了自己的国家，那我最好的选择是战后住到日本去。

荒木惟说，我一定在我的故乡奈良，找最好的地方陪你下棋。你想，老费就是一个下棋的高手。

那天荒木惟和陈山下了一盘棋。陈山输了，这再一次让陈山觉得索然无味。他告诉荒木惟，无论和费正鹏还是荒木惟下棋，他从来就没有赢过一次。荒木惟的双眼紧紧盯着陈山，慢条斯理地告诉他，不是你输了，是我输了。

这时候陈山才从荒木惟口中得知，就在他动员麻雀组织人员营救张离的同时，余小晚被救走了。也就是说麻雀真正要救的人，是在同仁医院里住院的余小晚，而不是张离。

陈山猛然想起，劫张离的贝当路路口，和同仁医院非常近。枪声能掩盖另一种枪声。

荒木惟凄凉地笑了，说，这个世界上，没有人能够成为常胜将军。我也不例外。

陈山拎着一瓶老酒摇摇晃晃地去培恩公寓找唐曼晴。没想到唐曼晴也在吃酒，她赤着脚，在进口的蒙古毯上走来走去。一只水汀，在这倒春寒的夜晚散发出阵阵热浪。唐曼晴的手里托着一只酒杯，她走来走去的样子，是很有风情的。陈山坐在那张皮沙发上皱了一下眉头说，你晃得我眼花了。

唐曼晴就停了下来，挡在陈山的面前，厉声说，这是我家还是你家？

陈山就盯着唐曼晴看，说，你半个日本人威风什么？那这是我的国家还是你的国家？陈山说完，拨开挡在面前的唐曼晴，他拎着酒瓶红着一张脸推开了唐曼晴家的另一间房。那是一间一尘不染的书房，陈山坐在地板上一堆清冷的月光里，他从口袋里掏出他剪下的张离的一缕头发，吃一口酒就抚摸一下头发。一会儿，张离的身影浮在了陈山的眼前，在屋子里走来走去，有时候会侧着脸看他，有时候会朝他笑。曾经有很多次，陈山帮她洗头，揉搓她已经剪短的头发，他的手上全是洗头发时力士香皂的泡沫。接着他想起哥哥陈河临死时冲向荒木惟的样子，以及光棍大吉拉响手榴弹时的场景。陈山终于完全明白，在被日寇铁蹄践踏的岁月里，中国已经没有哪个地方容得下自己独善其身。他唯有战斗、战斗，才有保全爱人、亲人和同胞的一丝希望。

他的耳畔不停地回荡陈河留下的话：我的祖国……

夜，在一寸一寸地深起来，洒进屋里的清冷月光在慢慢移动。在地板上那堆淡淡的光影里，陈山仿佛看到了张离因为营救无望而让他放弃营救时那决绝的眼神。她咬着牙说，记住"秋刀鱼"，记住你的阵营，还有，记住祖国。然后我命令你，向我开枪！

陈山宁愿杀了自己也不可能向张离开枪。从荒木惟的望远镜，或者千田英子的目光看过去，陈山和张离一直在扭打着。张离说，我最后让你记住的是我，是张离。谢谢你赞美过我的头发。张离的眼眶里已经蓄满了泪花，她突然抢夺陈山手中的枪支，在扭动的过程中，自己向自己的心口扣动了扳机。如果从远景望过去，这一枪无疑是陈山开的。张离慢慢地委顿下去，像一堆被水冲刷后的沙堆一样，矮了下去。她的身子曲了起来，像一朵鲜艳的花的形状，开放在冰凉的地面上。陈山的手枪下垂着，他能感受到枪管有轻微的温度，以及淡淡的一缕从枪管飘出来的烟。然后她看到了千田英子向他竖了竖大拇指。他又觉得自己听不到声音了，一切的景物，像是在阳光映照的水下看到的景物一样，缥缈摇曳起来。

陈山决定冒险。他觉得自己肩上的担子越来越重，如果回到当年带着宋大皮鞋和菜刀，还有刘芬芳一起混码头的时候，可能会有更多的欢笑。但是他突然觉得，命中注定自己是会不平凡的了。在张离的遗物中，陈山发现了一块怀表。打开表盖，在夹层里他发现了钱时英和张离的合影。合影背面是几个字：钱，是英雄。张，不离分。

陈山又在口袋里摸索起来，他摸出了那块怀表。借着淡淡的月影，陈河和张离并排着向他露出整齐的笑容。这时候门吱呀响了一声，陈山没有回头，他听到唐曼晴说，我们两个现在同病相怜，都死了最重要的人。

陈山说，那你晓得他们才是真正的一对吗？

唐曼晴有些愤怒地说，你不用告诉我这些！我只要知道我爱钱时英就够了。张离爱的那个人，不叫钱时英。叫陈河。

陈山拍拍屁股站了起来，他觉得这间屋子有些阴冷，所以他还是希望能坐回到客厅间水汀边的沙发上去的。他边向客厅间走去，边说，有一件事情我想让你帮我。

唐曼晴说，什么事？

陈山说，我要《樱花》正确的乐谱。陈山边说边掏出了一张纸，那是他一次进入荒木惟的办公室时，用脑子记下的乐谱。他在一张台灯下坐了下来，用一支笔仔细地记录着。唐曼晴说，你发什么神经。

陈山说，还有一件事我想让你帮我。

唐曼晴说，什么事？

陈山说，请一个人跳舞。

肆拾叁

　　米高梅的夜晚一成不变，唱歌和跳舞，当然还有酒，以及白晃晃的大腿，这让米高梅的夜晚变得如此绚丽和闹猛。唐曼晴约了特高课麻田课长以及梅机关的一批辅佐官一起跳舞，当然特务科长荒木惟也在被邀请之列。进入米高梅大门的时候，荒木惟停顿了一下，他突然记起前年冬天，他曾经站在陈山的面前说，你很像肖科长，不，你就是肖科长。陈山问他，肖科长是谁？荒木惟看了身边的千田英子一眼，千田英子也笑了，说，一个死人。

　　荒木惟在回忆里笑了一下。他看到唐曼晴和麻田有说有笑的样子，就为麻田瘦弱的身板担心。荒木惟不跳舞，他会让人给他倒一杯温开水，然后躲在黑暗的角落里，像一只坐井观天的青蛙一样，不停地抽雪茄。

　　陈山也带了宋大皮鞋和菜刀、刘芬芳一起去吃夜老酒。他们在红灯笼湘菜馆里吃得不可开交。刘芬芳那天还用警惕的眼神四下搜索，告诉陈山没有发现异常。陈山笑了，说等到你发现异常，你连枪保险都来不及打开，我敢保证你就已经被打成蜂窝了。宋大皮鞋和菜刀就大笑，说，刘拔牙你要真有本事，你先吹一瓶老酒给我们看看。刘芬芳的脸就红了，拍拍腰间的枪，用嘴咬开了一瓶老酒，直接灌了下去说，吹一瓶给你们看。吹到半瓶的时候，陈山伸手夺过了刘芬芳手中的酒瓶，自己一口气喝掉了，说，别逞能！拔牙是你厉害，喝酒不是！

喝到一半的时候，陈山突然提出需要他们协助自己做一件事。陈山说，朝天一炷香，就是同爹娘。宋大皮鞋说，什么个意思？陈山说，你们不帮我，谁帮我？宋大皮鞋、菜刀和刘芬芳就愣了一下，他们觉得陈山一定是有一件重要的事要办了。陈山轻易不说"帮我"。

这天夜里，陈山趁着夜色潜进荒木惟的办公室时，荒木惟正坐在舞厅角落里专心地替他抽了一半又重新拿起的雪茄点火。他美美地吸了一口烟，然后看着舞池里的麻田长官热烈地和唐曼晴跳舞。这时候陈山在荒木惟的办公室里，开始用《樱花》乐谱的错误音符组成的密码开保险箱，554634。就在他将要旋转保险箱上的刻度时，突然停顿了一下，他看到了墙上裕仁天皇那张一成不变的脸。无数次，陈山都能想起荒木惟站在天皇像面前的神情。陈山的手停在了保险箱上，他终于想起了荒木惟曾经说过的天皇生日是1901年4月29日。陈山猛然惊醒，如果按下了假密码，自己几乎没有生还的任何可能。那么，究竟哪一个才是真正的密码？

陈山觉得他必须试一下手气了，他的额头开始冒出细密的汗珠，最后他仍然把保险箱拧到了19010429的刻度。保险箱果然顺利打开了，他把"秋刀鱼计划"用微型照相机完整地拍了下来。他觉得自己在做一件这辈子最巨大的事情。陈山并不知道打开保险箱的门30秒不合上，仍然会响起警报。终于在刺耳的警报声里，杂乱的脚步声也同时响了起来。陈山坚持把照片拍完，在一名巡逻哨的哨兵持枪端开办公室的门时，他果断从窗户边跳下，像一缕风一样消失在无边的夜色里。

梅机关周边迅速被全面戒严。陈山看到成队成队的日本宪兵，像一群春天河水里顺着暖流飞翔的河豚，黑压压地朝这里扑过来。他知道，如果再不冲出梅花堂周围的警戒区，被发现是迟早的事。宋大皮鞋、菜刀和刘芬芳这时候从树丛里跳出来开枪迎敌，宋大皮鞋梗着脖子吼，走！走走！！你要是走成，我宋大皮鞋死得就值了！他脖子上的青筋愤怒地突出了，像一根根蚯蚓。他说，走走走！！！陈山的鼻子猛然间酸了一下，恶狠狠地说，不许死！！！菜刀凄凉地笑了笑，大吼，就算死了，来生也得再做兄弟。快走！刘芬芳倒是什么话也没有说，他摆出一个英武的姿势，紧咬着牙关举着两把枪同时开枪。终于刘芬芳的胸口中了一弹，像被人重重推了一下。刘芬芳张大了嘴巴，眼神好奇而惊讶地盯着自己身上的血洞看。他大概是愤怒了，所以他大喊一声，朝天一炷香……宋大皮鞋和菜刀接上了，齐声吼，就是同爹娘。有肉有饭有老酒，敢滚刀板敢上墙！！

　　他们一边吼，一边露出阳光一样纯净无邪的笑容，连连击发，噼里啪啦的枪火声音在黛青色的春天里显得有些杂乱无章，那些从枪膛里跳出的子弹壳在半空中翻滚着，纷纷跌落在地上。

　　多年以后，陈山坐在延安窑洞的煤油灯下回忆往事的时候，仍能记得在梅花堂激战的场景。宋大皮鞋和菜刀迎着刚刚奔来的日本宪兵小队冲了过去，他们齐齐亮出了手枪，不停地击发。宋大皮鞋和菜刀不知中了多少枪，他们各用左腿或右腿跪地，一只手用手枪拄着地。随便吹来的一阵风，都可以让他们倒下。他们最后把头仰了起来，向天空中发出了一声令人毛骨悚然的嘶吼。血已经完全糊住了他们的双眼，所以他们在举枪乱射，仍然射杀了三名宪兵。而子弹再次疯狂如蝗虫般钻进他们的身体，他们像两只迸裂的血袋，血雾腾空而起在他们的头顶飞扬着。他们终于四仰八叉地倒下了，各自在地上用身体写了一个"大"字。

　　这时候刘芬芳举着双枪，瘸着一条腿一直在后退着，退到了一条断头弄堂的时候，刘芬芳打完了枪中的所有子弹。他不再反抗，而是把两把手枪砸向了日本宪兵，自己也仰天倒在了地上。就在数名宪兵用刺刀顶住了刘芬芳胸口的时候，被随后赶来的荒木惟阻止了。荒木惟大喝了一声，停。刘芬芳看到了辽阔得令人吃惊的上海夜空，也看到了荒木惟。荒木惟沉重的皮靴踏在刘芬芳的脸上，然后他戴着白手套的手接过了身边一名宪兵手中的长枪。他像是打棒球一样，高高地举起枪托并且重重地挥了下去，刘芬芳的嘴被枪托砸中，满嘴的牙齿都被敲了下来。荒木惟丢掉长枪，拍拍手掌说，你不是牙医吗？那我让你满地找牙。

刘芬芳呸地吐掉了满口的牙，他哈哈大笑起来，满嘴是血地发出含混的吼声，朝天一……炷香，就是……同爹娘……

荒木惟一脚踹向了刘芬芳的胸口，咔咔的声音传来，刘芬芳的胸骨随之折断。他吐出了一口血，然后瞪大双眼死去，像是要把黛青色的初春的天空望穿。然后，一切归于寂静，只有火药的气息在战后的梅花堂附近弥漫。那名匆匆赶来向荒木惟报告的少年宪兵，最后向荒木惟报告，另两名被击毙的敌人，身上的弹孔分别是33个和26个。荒木惟的脸就一下子青了，他抬头望了一下黛青色的天空，咽了咽唾沫说，陈山，你不简单。

陈山在空无一人的冷街奔逃着。背后依稀有枪声和遥远的脚步声传来，在冬尾春初的夜晚传得很远。他开始想起在红灯笼湘菜馆和宋大皮鞋、菜刀还有刘芬芳一起吃饭时的情景，他告诉他们自己有一场仗需要打。三个人沉默了许久以后，宋大皮鞋举起了手，菜刀也举起了手，胆小如鼠的刘芬芳看到两个人举起手后，也举起了手。他们就这样各举着一只左手，无声地望着陈山。陈山猛地灌下了一杯酒，说，谢谢兄弟们帮我。宋大皮鞋看了看菜刀和刘芬芳说，这不是在帮你。

陈山就看着宋大皮鞋说，什么意思？

宋大皮鞋说，是在帮我们自己。国家不是你一个人的！

　　陈山在这一场奔逃中，几乎能听到自己粗重的喘息。他把思绪努力地从回忆中扯回来，清冷的夜色中，突然出现的一辆军车，幽灵一样像是从地底浮上来似的，歪歪扭扭地向陈山追去。在车灯棍子一样向前延伸的强光中，陈夏突然从暗处的一只邮筒后面像猫一样闪身而出，连开两枪，两盏车灯随即熄灭。军车上增援的宪兵，如同被卸货车倒下来的一堆垃圾，从后车门倾泻而出。陈夏双手并举，连连杀了数人。陈山冲上前一把拉住妹妹，往一条幽深的弄堂里跑。但是陈山没有想到，就在妹妹一把将自己推开的时候，一颗子弹射进了她的后背。陈夏笑了一下，说，小哥哥。陈夏有气无力地告诉陈山，她开始想念那台亚美公司生产的五灯电曲儿收音机了。说完这话，她的手枪顶在俯下身来察看她伤势的陈山的额头说，走！

　　陈山红着眼说，一起走！

　　陈夏的手枪无奈地撤了回去，对准了自己的太阳穴说，走！

　　这时候，陈山才颓然地站起了身，纵身跳进了黑夜中，迅捷地往比黑夜更深的那种黑奔去。望着陈山远去的背影，陈夏渐渐意识模糊。她的目光之中，是一个晃动着向远处奔逃的背影。

　　陈山在疯狂地向前奔逃着，他突然想起十来岁的自己背着妹妹去码头货仓找父亲陈金旺的往事，那时候日光高远，阳光就那么直直地拍打着兄妹俩。陈夏梳着一个冲天的辫子，她在陈山耳边叫的每一声小哥哥，都会让陈山的耳朵痒酥酥的。那时候陈夏的眼睛还能看得见。那时候有人欺侮陈夏时，陈山一手握着一块断砖，凶神一样紧盯着每一个向陈夏逼近的少年。多年前的往事，在陈山的脑海里反复重演。而陈夏望着陈山迅速远去的背影，眼泪也滚滚而下。她突然希望回到以前，如果能远离枪火，她愿意一直当一个瞎子。陈夏一边想，一边开始摸索着身上的弹匣。她努力用颤抖的手替两支手枪都换上了新弹匣。

陈山在黑暗里奔跑着。所有黑而悠长的夜风全冲撞进了他的身体，让他的骨头阵阵发凉。他的身后响起了零落的枪声，那些枪声像歌声一样嘹亮而有节奏。陈山知道凡是陈夏开出的每一枪，都一定能击到一名宪兵，这是日本神户特工学校甲等生应该做到的。陈山向黑暗更深处奔跑，脑海里浮起的是他抱着收音机兴冲冲地撞开家门，并将那只收音机放在陈夏面前一张小台子上的情景。陈山记起了那个寻常的黄昏，屋檐下挂着红彤彤的夕阳颜色。陈夏就晃荡着一双好看的光脚，坐在夏天的床沿上，当听到收音机里发出的声音后，她把台子上的收音机紧紧捧进自己的怀里，当场她就稀里哗啦地哭了。陈山笑了，说哭得真难看，他一边说一边替陈夏擦去眼泪。而陈山的额头上还挂着一缕凝固的鲜血，把那些头发也黏连在了一起。陈夏后来停止了哭，想说什么，却啥也没说上来，只是对着陈山叫了一声，小哥哥。

陈山向前一路狂奔着。一辆福特车发出刺耳的油门啸叫声，像发疯一样骤然冲到，又瞬间停在了他的面前。开车的是从米高梅舞厅匆匆赶来的唐曼晴。陈山来不及犹豫就一头扎进了轿车里。唐曼晴的特别通行证帮了他们的忙，加上她是麻田的座上宾，所以在一个哨卡口，日本宪兵没敢阻拦她，也不想阻拦她。他们草草查看了一下通行证就挥了挥手。车子在路灯下清冷而幽远的街面上扬长而去，远远看去，像一只摇晃着胜利的甲虫。陈山的脑海里重又浮起那天吃酒的场景，那天他和唐曼晴一起在培恩公寓吃酒。在离开唐家之前，陈山扬了扬酒瓶，口齿不清地说，我需要你的一个帮助。最好能把梅机关那帮老特务们引开，特别是那些辅佐官，一个个都是特工里的特工。谷获那华雄、川本芳太郎、今井武夫、森延太郎、木村增太郎、金子晴元……最重要的是，荒木惟。陈山语无伦次，摇摇晃晃。但是他记得很清楚，因为被夜风一吹，他的两根肋骨痛了一下。然后他回转身，看到唐曼晴仍然赤着脚，安静地在他身后不远处向他张望着。陈山举起手挥了挥，嬉皮笑脸地挤出一个笑容。这时候他听到唐曼晴说，两兄弟一点儿都不像的。

哨卡上两位持枪的日军宪兵都有了困意。一名士兵不由得打起了哈欠，在他还没合拢嘴的时候，看到荒木惟和千田英子带人匆匆赶了过来。从一名哨卡宪兵的口中，荒木惟知道刚刚有麻田最亲密的朋友唐曼晴的车开过，一股热血就轰上了荒木惟的脑门。他恼羞成怒，突然举枪，连开数枪打死了几名哨卡附近骑着车子经过的路人。

荒木惟可怕的眼神在两名哨兵身上扫过，他对着地上几具尸体说，死得早的都是笨人，被人骗的也是笨人。

　　荒木惟还是很快找到了唐曼晴。在培恩公寓唐曼晴的家里，荒木惟在一张沙发上坐了下来。他看到茶几上有一瓶红酒，于是他为自己慷慨地倒了一杯酒，然后微笑地望着唐曼晴说，唐小姐，现在这个时刻对你来说应该在米高梅跳舞。

　　唐曼晴说，荒木君，在我的印象中你一直是一个有礼貌的人，从不乱闯民宅。

　　荒木惟说，你说对了。我只负责抓人。

　　这时候麻田急匆匆地赶来了。他穿了一件青黑色的竖条西装，系着领带，好像是从舞场过来的。他对荒木惟说，请不要对唐小姐无礼。

　　唐曼晴家的客厅里，站了几名像陆地灯的灯柱一样的宪兵，这让她感受到了厌烦。在这种杂乱无章的场景里，她仍然能记起没超过一支烟的工夫以前，她坐在沙发上捧着一只高脚玻璃酒杯喝红酒。后来她放下酒杯，亮出了一支小手枪，逼陈山马上从唐家撤出的情景。但是陈山好像是不想走，他的双手不停地相互搓着说，我不晓得你会开车来接应。

　　唐曼晴说，就像你没想到现在我会逼你离开。

　　我就是想不通，那天你为什么会答应帮我引开梅机关的人。

　　唐曼晴说，那我告诉你一件事。我不是汉奸，因为我其实是半个日本人。但是认识了你哥哥钱时英以后，我觉得我就是中国人了。明白我的意思了吗?

　　陈山笑了，露出一排白牙说，再不明白那就是真笨了。

　　陈山走到门边的时候，停顿了一下，回转身深深地鞠了一躬说，您保重。

　　那天麻田一直望着荒木惟，他笑了一下推了推鼻梁上的宽边眼镜，打了一个哈哈说，荒木君怎么着也要在女人面前给我一个面子对不对。荒木惟在等待着千田英子，此刻的千田英子正拿着放大镜在唐曼晴的福特车里像一条军犬一样搜索着。客厅里很安静，差不多能听到灰尘落地的声音，麻田的笑容在这样的安静里慢慢地收了起来。麻田加重了语气说，荒木君！

　　荒木惟从沙发上站了起来。他一直等待着的千田英子迟迟没有出现。就在他将要无奈地挥手示意宪兵离开的时候，千田英子大步走了进来。荒木惟就看着千田英子，千田英子的一只手里捏着一柄放大镜，另一只戴着白手套的手慢慢举了起来。手套上是血迹。

　　千田英子说，这是唐小姐的福特汽车后座上的新鲜血迹。

　　荒木惟脸上慢慢露出了笑容，向麻田弯了弯腰说，麻田长官，真的很抱歉。

　　麻田没有再说什么，他向门口走去，经过唐曼晴身边的时候停了一下说，唐小姐，你最好说清楚。这是事关我大日本帝国的大事。如果证据确凿，天皇陛下也救不了你。

　　唐曼晴已经无话可说，她特地用上海话讲，等特一歇。然后她进卧室换了一身记忆中第一次和钱时英偶遇时穿的旗袍。那天她对着梳妆的镜子，梳理头发，并且化了一个淡妆。她对着镜子轻声说，时英，我一点儿也不后悔的。

　　唐曼晴找了一双白色的高跟鞋套上，从卧室里出来，淡然地笑了一下，对荒木惟说，走！

　　唐曼晴在前面走，荒木惟和千田英子等人在后面跟着。走到公寓楼下梅机关开来的一辆车前，千田英子把唐曼晴塞到了车里。她朝唐曼晴笑了一下说，这身旗袍很美。然后，车门合上了。

　　荒木惟亲自开的车，他把车开得像在马路上飞起来一样。他觉得他必须赶紧回到身负重伤的陈夏身边。

肆拾肆

荒木惟匆匆撞开办公室的门时，看到陈夏躺在一副担架上，像一朵被冷雨打落地上的栀子花。她微曲着一条腿，脸容平静。一名小个子的军医带着助手正在收拾器械，军医站起身来对荒木惟摇了摇头。荒木惟一把揪住军医的衣领，用日语低沉地吼，救活她！救活她！军医拼命地挣扎着，说，她拖不过三个小时，现在是她最痛苦的时候。果然，荒木惟见到了陈夏身下那摊仍然还在流淌的血，像红色的细流。

荒木惟终于松开了军医的衣领，他无声地挥了挥手，示意所有的人出去。然后他坐在了地上，缓缓地抱起浑身抽搐的陈夏。陈夏不时地发出惊悸，双目死死地望着前方。她的眼睛因为身体的伤势太重已经看不到任何东西了。她身上的血把荒木惟的衣服染红。她能听到自己的血液在流动的声音，甚至听出了梅花堂以外，一朵春花在瞬间绽放的声音。荒木惟的脸无比温情地贴着陈夏的脸颊，陈夏的泪水也湿润了他的面庞。荒木惟的脸上就浮起笑容，说我答应过等到共荣了，带你去看日本的樱花。陈夏大概是听到了荒木惟的声音，她的手指头努力地钩着，并且顺利地钩住了荒木惟的袖子。她的脑子里像过电影一样，展现了她这一生最欢愉的时光——小哥哥背着她走上宝珠弄至吴淞口码头的路，父亲陈金旺给她买来李阿大的生煎包，荒木惟白色衬衫上的味道和烟草的气息，以及她眼睛复明时看到的第一缕光线……最后她记起陈山有一天同她在父亲陈金旺面前说的话。那天他们不约而同地买了生煎去看望陈金旺，他们一起吃的生煎。吃到一半的时候，陈山放下筷子，看着陈夏说，小夏，你要醒过来。荒木惟在欺骗你，哪有什么共荣？日本人杀戮我们的同胞，你不能助纣为虐！

陈夏说，你就不怕我向荒木先生告发。

陈山说，以前怕，现在不怕。

陈夏说，为什么？

陈山说，因为我再不说，我们都要来不及了。

陈夏说，用什么证明你这不是在骗我？

陈山重重闭了一下眼睛，他觉得无比懊丧。知道哥哥死前是怎么说的吗？他说，我，的，祖，国！

现在，陈夏的脸上慢慢浮起了笑意。父亲陈金旺，哥哥陈河，小哥哥陈山，这是她最亲的亲人。他们的笑脸渐渐淡了下去，像一张她小时候玩过的洋片。在洋片里，所有的阳光变成了紫蓝色。砰的一声，陈夏的笑容凝固了，荒木惟用枪声惊醒自己，他缓慢地抽离了那把悄然抵在陈夏心口的手枪。然后他伸出手，慢慢地拊合了陈夏的眼睛。陈夏闭上眼睛以后，反而又能看见了，她看到的是无边的如同隧道一样深远的黑暗。她的生命在她耳朵听到的声音中结束，接下来她听到的是自己的血液流动的声音，这声音越来越大，最后像是奔腾咆哮的溪流。最后，这巨大的声音盖过她的身体。她什么也听不到了。

肆拾伍

梅机关的审讯室，荒木惟解开了脖子下的第一粒纽扣。这个初春，本应该有着浓重而冰凉的春寒，但是荒木惟却有了少有的烦躁。他身上明显有些汗津津了。这让他对自己很不满意，所以他点了一支雪茄，在烟雾的升腾中努力让自己平静下来。他就坐在一把木椅子上，身体微微前倾，双手的手指自然交叉在一起。他的目光所及，是角落里浑身是血、缩成一团的唐曼晴。一场酷刑以后，她的肋骨全断了，像是散了架的竹篱笆。

荒木惟听到了自己已经平静下来的声音，这也是他最后的一次问询。荒木惟说，唐，我一直在想，你心里到底愿意是日本人，还是中国人？

唐曼晴久久的呻吟声丝丝缕缕地传来。她的声音像一枚针般轻细。她说，我可以是日本人，也可以是中国人，但我不能是杀人的人。

　　荒木惟说，那你就是我大日本国的叛徒。你对不起我大和民族，对不起天皇陛下，对不起日出之国这个称号。

　　唐曼晴说，行，那就算我是中国人！

　　唐曼晴的最后一句话，让荒木惟心里有了连绵的愤怒。他把雪茄烟架在了茶几的烟灰缸上，那烟头的红亮在空气中自由绵延，这种纯粹的颜色让他心中生出愤怒之后的欢喜。荒木惟终于直起身，慢慢地走到唐曼晴身边，蹲下身。他把唐曼晴扶起来，近距离地看着唐曼晴已经肿胀的脸。他本来是想放她走的，给麻田一个人情。再说，唐曼晴是中日混血，当然不是情报人员。他抱着阵阵发抖的唐曼晴，轻声说，我送你去医院吧，养好病，回日本去。但是他没有想到会被唐曼晴一口叼住肩膀，唐曼晴的牙齿深深地印入了荒木惟的肩头。荒木惟明显地感觉到，自己肩头的一块肉已经被唐曼晴咬下了。荒木惟忍着痛，没有发出一丝呻吟，而是凄惨地笑了。荒木惟平静地说，中国人就是爱咬人。一会儿，他的肩头上沁出了一小摊血，他的心里却涌起了一丝欢叫。他抱紧了唐曼晴，嘴巴附在她耳边轻声说，你听。然后他咬牙切齿地唱起了《君之代》：愿我皇长治久安，愿我皇千秋万代，直至细石变成巨岩，长出厚厚的青苔……荒木惟一边唱一边把唐曼晴越抱越紧。他用手指的力量推送着唐曼晴折断的肋骨，这些骨头斜斜的切口像尖刀一样扎破了她的内脏，甚至扎破皮肤突兀地冒出来。唐曼晴的鲜血浸染在荒木惟的白衬衫上，无比鲜艳。荒木惟最后松开了手，唐曼晴就像一朵开败的百合花，慢慢地委顿下去。荒木惟轻声说，恕不远送。

肆拾陆

　　荒木惟喜欢把自己窝在办公室里，关上窗门，熄掉灯，像一个沉默的守灵人。他的脸色越来越灰暗，没有了早前的英气。陈夏和唐曼晴两个女人的死去，让他觉得心里空落落的，并没有一丝胜利感。陈山已经彻底暴露，并且在荒木惟的眼皮底下逃亡，这仍然是令他很丢面子的一件事。荒木惟一边命令76号特工总部李默群以及涩谷宪兵小队在上海滩掘地三尺大搜捕，一边带着千田英子和数名特工，出现在宝珠弄陈金旺面前。他一点儿也没有想到，陈金旺这一天起床后竟然洗了个澡，而且还认真地刮光了胡子。他在家门口吃一碗生煎的时候，看到荒木惟和千田英子彬彬有礼地站在他的面前。不远处，是一整排背着长枪的日本宪兵，像是一排刚种下的矮脚青菜。荒木惟说，陈老先生，陈山有没有回来。陈金旺像是没有听到，他吃完了所有的生煎后，抹了一下嘴巴。他嘴角的油流了下

186

来，对荒木惟说，你是弄堂口做生煎的李阿大吧？

荒木惟脸色阴沉地望着他，说，你不会连陈山也不知道了吧。

陈金旺后来巍巍颤颤地站了起来，朝他神秘地笑了一下，说，陈山是我的二儿子呀，他老结棍的。

荒木惟和千田英子对视了一眼。千田英子说，老东西，陈山现在在哪儿？

陈金旺突然向空中举了一下手臂说，还我河山！陈河的河，陈山的山！

那天荒木惟脸色难看地回望了一眼不远处的涩谷队长，涩谷的手一松，一条狼狗腾空而起。

而此时陈山躲在离家不远处的一幢二层小楼里。其实他刚离家不久，他买了李阿大生煎给陈金旺吃，同时顺便取走了那台亚美公司生产的五灯电曲儿收音机。陈山远远地望着陈金旺像一条破棉絮一样地被狼狗撕碎。他不明白陈金旺明明是昏昏欲睡的，却在荒木惟来临的时候突然清醒。现在，他流着眼泪看一个逮住他就往死里打的码头工人，在这个普通的日子里变成碎片，并从这个世界上消失。

那排日本宪兵仍然排列整齐，一动不动，枪刺闪着锋利的光芒。这让陈山的眼睛痛了一下，然后他靠着墙壁慢慢地蹲下来，觉得此刻他成了真正的孤儿。

麻雀一直都没有出现。

在等待麻雀的日子里，陈山变得沉默寡言。他住进了猛将堂孤儿院的顶层小阁楼，并且一直抱着那台五灯电曲儿收音机。收音机里，著名的陈曼莉莉正在播报新闻，说是中国战区最高司令官蒋介石夫人宋美龄在美国国会演说，然后是一段叽里呱啦的外国话。一张苏式的小柏木方桌上，放着一盆晏饭花。花盆的泥土里，埋着张离的一缕头发。看到这盆晏饭花，陈山总是能想起第一次在重庆费正鹏办公室里见到张离时说的话，你还是留长发好看。

嬷嬷刘兰芝负责给他送饭。陈山爱上了睡觉，他总是在收音机里寻找玻璃电台的频率，一个叫陈曼莉莉的女主持人的声音能让他温暖而妥帖地睡去，有时候也会在收音机的声音里醒来。有一天他醒来的时候，天已经大亮了。麻雀就坐在他低矮的床边。看到陈山醒来后，麻雀笑了，说，你的睡相很难看。

陈山也笑了，说，长相难看才可怕。

那天陈山把装着"秋刀鱼计划"胶卷的照相机交给了他。然后他平静地问，营救张离是怎么回事儿？

麻雀那天说了许多的话。陈山就四仰八叉躺在床上听。尽管他闭着眼睛，但是他仍然真切地听到了麻雀所说的一切。有五名中共地下交通员组成了敢死队，在大吉等另一组人马营救张离的过程中，他们趁乱救下了同仁医院里被特工看管着的余小晚并且转移。现在，余小晚在一个隐秘的地下室里接受治疗。延安的指示是，烈士余顺年的女儿余小晚虽然不是党员，但是余顺年三兄弟，都牺牲在了特工战线和反围剿的战场上。然而他们三兄弟的后代，只有大哥余顺年有一个女儿余小晚。延安的指示是，不管付出任何代价，都必须让余家的血脉延续。

陈山一切都明白了。声东击西牺牲了张离，救下余小晚，原来是因为余小晚是三位烈士的唯一后人。他深深知道，对张离的营救其实本来就是九死一生，不过是自己放不下张离，而逼着麻雀下令动手。麻雀后来说，在没有得到上级批复以前，你不是正式党员。但现在梅机关和汪伪特工总部，正在搜索你的下落。所以在这一个月里，你不准离开这个阁楼半步。

陈山没有回答。

麻雀很年轻，笑的时候会露出一排白牙。据说他的舞跳得特别好，还有一手剃头的手艺。那天麻雀像老朋友一样，为陈山剃了一次头。在离开猛将堂的时候，他还留下了一袋中药给刘兰芝。离开以前，他对着那盆晏饭花盯了许久，就在他手伸出去想要捧那盆花时，陈山突然说了一声，别动。她在睡觉。

麻雀的手慢慢缩了回来，他想了想，仿佛明白了什么。他说，埋了什么？

陈山躺在床上，他的双手枕着自己的脖颈，仍然闭着眼睛。他好像是对空气说的，他说，头发。

麻雀最后终于走了。阁楼的门合上，只留下了床上的陈山一个人。他感到了无尽的寂寞正在向他袭来，并且浸染了他的全身。他不可遏止地想念张离，索性起床对着那盆晏饭花说，张离，我真向往那段重庆的岁月。

189

陈山让刘兰芝帮忙找来了一个小香炉插香。他一共插了十二炷香，一炷是给张离的，一炷是给钱时英的，一炷是给陈夏的，一炷是给陈金旺的，一炷是给宋大皮鞋的，一炷是给菜刀的，一炷是给刘芬芳的，一炷是给瘦子大吉的，另三炷是给三名营救张离的队员的。第十二炷香，陈山对着那炷香说，这是烧给陈山的。如果有一天牺牲了，那就没人给你陈山烧香了。

但是其实他应该插十三炷香的，因为，唐曼晴也死了。

陈山并没有打算听从麻雀的话，刘兰芝一直把他看得很紧。但是他说，我必须出去！我也一定会回来。

刘兰芝说，我不同意。

陈山说，你同不同意不重要，我是不是想出去才重要。

刘兰芝就有点儿生气，她说，你得为你的不顾大局负责。

陈山说，我连死都愿意，我还怕负责？！

刘兰芝说，你必须服从麻雀同志的命令。

陈山不再说话，是因为他懒得说话。他还不如听玻璃电台最有名的主持陈曼莉莉在收音机里同他有一搭没一搭地讲话。直到有一天中午，阳光从天空中乱纷纷地掉下来，比较闹猛的样子。在这样的闹猛中，陈山在阁楼里伸了一个懒腰，然后在刘兰芝的眼皮底下从猛将堂消失了。像从来没有出现过一样。

肆拾柒

失魂落魄的费正鹏缩着脑袋，在微凉的春风中出现在街头的一角。那天他穿着那套显得紧巴巴的西装，脸上的皮肤出现了明显的皱褶。在周泾浜的天新鞋帽商店门口一棵瘦骨嶙峋的行道树下，一个戴鸭舌帽的年轻人挡在了他的面前。费正鹏看了一会儿鸭舌帽下的陈山，笑了，说，你不会是想要和我下棋吧。

陈山说，是余小晚想见你。

费正鹏的眼神一下子就暗了下去。好长时间，他一言不发，最后他叹了一口气说，我知道是谁想见我。但是我有一件事情想求你。

陈山说，你讲。

费正鹏说，你能不能带余小晚去美国，美国本土根本没有战火。你们在那儿住下来，并且好好照顾她。

陈山说，你能给我多少钞票。

费正鹏说，我的钞票全是你们的呀。

陈山说，有多少？

费正鹏说，这个没法算的。我在重庆的时候扒了那么多年的地皮，攒了一大笔钱。更主要的是，我有一堆古董，古董越来越值钱。所以你必须带她离开这个千疮百孔的国家，好不好？

陈山看到了费正鹏眼睛里祈求的眼神。在这样的春风里，他伸出手给费正鹏整了整衣领，然后说，这西装太小了，一点儿也不适合你。接着他又说，去不去美国，那是余小晚的事。现在你要做的就是跟我来。

陈山说完大步向前走去，拐进一条安静的小弄堂以后，进了一间屋子。费正鹏跟了进去，像一个机械的木偶。他甚至连门牌都没有抬头看一下。他觉得看不看门牌，已经不重要了。

一名中年男人坐在屋子里，只留给费正鹏一个背影。他身边的桌子上放着一把黑色的长柄雨伞。男人在看报纸，他认真地看了一个版《申报》的新闻后，才转过身来对费正鹏笑了，把报纸扔在桌面上说，你看，又有好多汉奸被飓风队锄杀了。

他是从重庆过来的军统局本部第二处处长关永山。

费正鹏悲哀地笑了一下，说，老大，你起码带了二十个人吧。

关永山说，不是我带的。我是光身一个人从重庆过来的。锄奸有专门的锄奸队，队长陶大春一共带了十个人来。

　　费正鹏想起荒木惟曾经对他说，在你的眼里民族和国家对你关系不大，要是中国人都像你这么想就好了。费正鹏不由得苦笑了一下，他当初曾经反驳说，你要是这么认为，那你就错了。费正鹏这样讲，是因为他并没有供出飓风队的下落，他只供出了张离。因为他一直以为，只要张离在这个世界上活着，余小晚在她心爱的陈山心中，永远只能是一幅淡若烟尘的水墨。

　　费正鹏说，我没有招供陶大春，他倒来杀我了。

　　关永山说，因为他不该死，而你罪该万死。

　　费正鹏说，你们来了那么多人，给足了我面子。现在我什么都没有了。

　　关永山说，想要太多，往往最后只会什么也没有。

　　陈山悄无声息地从后门离开时，被费正鹏叫住了。他的声音十分温和，他说陈山，你一定要记住，你要好好照顾余小晚。你答应我。

　　陈山想了想，说，晓得了！你走好！

　　关永山看到陈山从后门走出以后，站起身来走到费正鹏身边说，跪下。费正鹏顺从地跪在了地上，他额前一缕灰白的头发耷拉下来，盖住了他的一只眼睛。关永山拿起一柄黑色的长柄雨伞，伞杆轻轻顶在了费正鹏的太阳穴上。那把雨伞其实是一支特工专用的装了消音器的枪。这时候费正鹏的一行眼泪流了下来，他缓慢地闭上了眼睛，轻声说，顺年，咱们的恩怨现在两清了。秋水，我就快要来了。

　　一声短促有力却又显得轻微的枪声响起，费正鹏直愣愣地扑倒在地上。一会儿，他的脑袋下就洇开了一小摊的血。一颗"炮"字象棋，从他的衣袋里滚了出来，滚到了桌腿边上。

　　那时候陈山早已走出了后门，他一直走在那条幽静而绵长的弄堂里。那些墙脚的青苔，让他心生欢喜。他突然觉得这些绿意逼人的小植物，是那么的生机勃勃。接着他听到了细微的枪响，他的脚步略微地停了一下说，老费，这算不算你说的那种诱杀？

肆拾捌

　　麻田要从宪兵队本部特高课调往另一个特务机关岩井公馆。设在米高梅的升职晚会上，他热忱地邀请了荒木惟来为自己五音不全的哼唱伴奏一曲《樱花》。在热烈的掌声里，坐在角落的荒木惟把正在燃烧着的雪茄架在烟灰缸上，缓慢地走向那架昨天刚刚运来的施坦威钢琴。他在钢琴前坐了下来，望着热闹的人群，他开始安静地想念故乡。奈良的樱花就要开了，森林的上空弥漫着木材和腐草的气息。他的手指头按动琴键，这还让他想到了他曾经教过钢琴的陈夏。在中国上海的一小段人生，于他而言是那么的弥足珍贵。他热爱这种与征服有关的人生片段。荒木惟偶尔抬头的时候，看到了人群中一张冷峻的脸，那张脸浮起了笑意，并且露出了两颗白牙。他是陈山，坚定的眼神直视着荒木惟。荒木惟明显地反应到了什么，他的后脊背甚至迅速地浮起了一阵凉意。荒木惟想停下来，但那个激动而兴奋的手指头已经随着节奏按向了琴键。轰的一声，荒木惟和钢琴边上哇哇乱唱的麻田，随着爆炸声四分五裂。陈山看到了升腾而起的血雾，以及凌空抛向吊灯的一根塑料管一样的肠子。他又笑了一下，轻声说，张离，我说过让荒木惟粉身碎骨的。在嘈杂的叫喊声和纷乱的人群中，他沿着一条笔直的路，从容地走出了米高梅。

在米高梅的门口，陈山抬起头，发现"米高梅舞厅"五个霓虹灯做成的字，被刚刚开始的一场春雨给淋湿了，像淋湿一段记忆。接着，陈山听到了伪警察局的警车，响着刺耳的警笛向这边奔来。数天后，重庆的《中央日报》《大公报》《扫荡报》《新华日报》等报纸，铺天盖地地出现了一个相似的标题：军统王牌特工重创日本梅机关，局本部戴笠局长亲自签发嘉奖令！

肆拾玖

　　一个落雨的清晨，关永山撑着一把黑色的长柄雨伞站在客运码头上。偶尔从辽阔的江面上传来的汽笛声穿过了雨阵，在十六铺码头的上空穿梭着。这一个战后的城市，有一种虚假的繁华，所有的迎来送往在码头上鳞次栉比地发生着。关永山在等待着陈山，在他眼里，陈山就只有一种身份，那就是二处航侦科科长。但是陈山一直没有来。关永山看了一下手表，无奈地踏上了轮船的踏板。斜雨打过来，很快他穿着的黑色风衣就湿了一大片，看上去显得更黑了。在甲等船舱里，一名穿着黑色西装的日本人一直坐在那儿，他有一个美妙的名字，叫樱田薰，是梅机关接替荒木惟特务科长职位的人，也是陈夏在神户特工学校里的老师。当关永山收拢雨伞，矮身进入舱位的时候，樱田薰露出了笑容。关永山迅速转身，却看到了反背着双手的千田英子。

197

关永山脸色苍白地笑了，他在不经意间抬起了那把雨伞的时候，被千田英子一脚踢落在地。千田英子纵身跃了起来，用剪刀腿把关永山跤翻在地。樱田薰拿起那柄雨伞，对着舱外的天空放了一枪。声音细微而有力地穿透雨阵。这时候汽笛的声音，又响了一下。

陈山在上海消失了。像一滴水落进黄浦江一样，无影无踪。其实他一直待在猛将堂的阁楼里。麻雀又来过一次，那天麻雀一共同他坐了半个钟头。他们两个人都不响，最后在离开之前，麻雀说，你没有听从命令，擅离猛将堂，组织上会对你处理。

我还不是党员。

如果你想成为党员，你的考察期会延长。

就算延长到八十岁，我也不会后悔。我答应过张离，一定要亲手杀掉荒木惟，并且让他粉身碎骨！

麻雀不再说什么。那天下午他匆匆去了香港。从刘兰芝那儿陈山知道，麻雀的真名叫陈深，浙江诸暨人，一个剃头匠出身的中共特工人员。

许多个无所事事的日子里，陈山看到好多人来教堂忏悔。他们都觉得自己是个有罪的人。而陈山会十分珍爱地抱着那台五灯收音机，听陈曼莉莉在喇叭里滔滔不绝地说话。余下来的时光，他觉得无比安静。直到有一天，春羊把一张船票放在了他面前的桌子上说，到那儿以后，会有人接你。

尾声

　　陈山带着他的收音机出现在延安的时候，春天仿佛是要正式开始了。天空中下着雨，一位叫胡小海的八路军战士深一脚浅一脚踩着泥泞来接他。他戴着一顶明显破旧的八角帽，操着一口江浙普通话，眼睛眯成了一条缝。他说，听讲你是从上海过来的？陈山点了点头。他又说，听讲你老厉害，听讲你把个日本大特务都炸死了……

　　陈山笑了，说，你哪儿人。

　　胡小海说，绍兴的。

　　陈山说，你的话真多。

　　胡小海愣了一下，随即又说，我的哥哥也在上海。他叫胡大吉……

　　陈山一下子就愣了，过了一会儿说，你……好久没见他了吧。

　　胡小海一笑眼睛就剩下一条缝，说我哥哥讲了，等到胜利了，

199

我们再一起回绍兴种田。我们干不了别的，我们只会种田。

陈山什么话也没有说，脑海里浮现的是大吉拉响手榴弹的情景。胡小海还在滔滔不绝地讲话，听讲上海很闹猛的。陈山最后说，听讲胡大吉是个英雄啊。胡小海就倒抽了一口凉气说，他英雄？他那么瘦，那么胆小，他会是英雄？

他们就这样有一搭没一搭地讲话，一直到了王家坪八路军总部大礼堂，那时候一台叫作《胜利向我们走来》的演出正在进行。台上，一位穿灰布军衣的女子正在朗诵诗歌。她剪了短发，腰间扎着一根武装腰带，英姿飒爽的样子。

我不愿失去每一寸泥土
哪怕是泥土之上的每一粒灰尘

我不愿失去每一滴河水
哪怕是河床之上升腾的水汽

我不愿失去任何
因为她属于我的祖国……

陈山一直站在人群中，眼泪悄悄漫过了他的眼眶。但是他的脸上却盛开着笑意。胡小海告诉他，听讲这是中央医院的外科医生余小晚。

陈山说，中央医院在哪儿？

胡小海说，听讲在李家洼。

陈山说，这里哪儿能买到东西？

胡小海说，有，不远就有一个小卖部。

在礼堂演出的后台，陈山一步步走向正在卸装的余小晚。余小晚坐在一张椅子前，边对着一面破镜子卸妆边正和人说笑着。陈山没有惊动她，而是长久而沉默地看着她。当她偶然转头的时候，看到了陈山。有很长的一段时间，余小晚呆愣愣的都没有说话，她望着的是镜子中的自己。接着她眼睛里的泪水慢慢地越积越多，终于眼泪突破眼眶，滚滚而下。她说，鞋匠，怎么是你。

陈山满含热泪地笑了，说，怎么不可以是我。

她又说，鞋匠，我一直在等你。

那天，雷声从遥远的地方滚了过来，就那么铺天盖地地滚动着。陈山笑了，他举了举手中的网兜，网兜里面装着六只青光光的小苹果。陈山想起刚才问过胡小海，今天是什么日脚。胡小海说，听讲今天惊蛰。

雷声再一次滚过，雨声越来越大。

2016.03.17　03：17　初稿完成

2016.04.08　03：12　第一次修改

2016.04.08　21：01　第二次修改

2016.08.03　02：42　第三次修改

2016.09.19　02：52　第四次修改

2016.11.27　01：00　第五次修改